Putain de Coma

ISBN : 2-914353-19-7

Thierry Rannou

Putain de Coma

MANGO DOCUMENT

À Hugo et Maud,
les plus beaux enfants du monde,
fruits d'une vie qui rêve de se donner à eux.

Préface

Thierry, tu as un défaut, tu es terriblement casse-couilles.

Pour toi, c'est évident, il y a avant… et après.

Pour moi, et je te l'ai déjà dit, tu es toujours autant casse-couilles, mais tellement attachant, que l'on pourrait presque te pardonner.

Peu de temps après ton “réveil”, assoiffé de souvenirs et de sensations *a priori* déjà vécues, tu poursuivais le sillage de ta vie antérieure, et te retrouvais tout naturellement sur les quais du port de la Trinité-sur-Mer, où tant de paroles de marins t'avaient inspiré. Je te vois sur le môle et te voilà en sortie d'entraînement sur *Fujicolor*.

En mer sur ces engins, le silence est absent, le souffle du vent suffit à rendre difficile la moindre des conversations, aussi les marins sont peu bavards ; mais toi, tu as besoin de parler, c'est plus fort que toi, en anglais ou dans ta langue natale, le tri est difficile, le trimaran encore plus.

Alors on parle, ou plutôt, je t'écoute, te conseillant doucement sur la conduite à tenir, au propre comme au figuré. « Ne regarde pas le compas, cela ne t'indiquera que la route que tu as déjà faite. C'est l'horizon qui te guide et permet de bien barrer. »

Comme les souvenirs, nos sillages sont éphémères. La route que l'on prend est vierge, sans trace ni trajectoire imposée. Tu avais besoin ce jour-là de quelque chose, ou de quelqu'un pour te montrer que la route à prendre peut ne pas dépendre des chemins empruntés.

Fasciné par ton passé retrouvé, tu es un peu comme les passagers massés à l'arrière d'un paquebot, plongeant leurs regards dans le sillon broyé par les hélices du temps.

Que choisir ? Le sillage évanoui ou le mordant d'une étrave ? L'expérience des cheveux blanc ou l'inconscience des premières dents ? Écouter la vie des autres ou ne penser qu'à la sienne ? Ne surtout pas choisir est le difficile équilibre, mais les carènes de chacun de nous sont différentes, certaines poussent un peu trop d'eau, d'autres en traînent beaucoup. D'autres enfin, fines comme des kayaks, ne font pas de bruit. Nous sommes nos propres architectes, affinant inlassablement cette manière idéale de traverser la vie. Alors courage à toi, mon ami ; dessine ta vie à la plume et ajoutes-y la couleur des autres.

Loïck Peyron

Note de l'éditeur

J'ai rencontré Thierry Rannou il y a quelques mois. J'ai tout de suite vu un homme blessé, meurtri, mais fier. Il parlait vite, il transpirait, il respirait fort. Il me semblait être loin, dans un autre monde.

Thierry Rannou est ailleurs. Il essaie de revenir vers nous. Avec une énergie folle, avec une volonté si lointaine qu'elle peut faire peur. Thierry a eu un accident le 3 janvier 1996 sur le Paris-Dakar. Une chute terrible en moto qui lui a valu un coma très sérieux, un coma 3 de degré 4.

Il s'est réveillé au bout de cinq semaines. D'après les médecins, il ne devait pas récupérer ses capacités mentales.

Aujourd'hui, il est dans mon bureau. Il explique avec une précision maniaque son itinéraire. C'est un flot de paroles ininterrompu. Une logorrhée. Un torrent de survie.

Je comprends cependant que Thierry a écrit des livres sur la voile, qu'il a beaucoup voyagé. C'est un journaliste mais aussi un aventurier. Il a écrit plusieurs ouvrages et a collaboré à de nombreux journaux et émissions de radio.

Grand reporter, spécialisé dans le domaine de la mer, il a passé deux fois le Cap Horn. Il est aussi un ancien équipier de Tabarly.

Très vite, il me montre les photographies de ses deux enfants. Il parle de sa compagne, Odile, qui l'a quitté quelques mois après le coma. Il raconte ses voyages au Soudan et à travers le monde, le Paris-Dakar 95, évoque des problèmes de poids. Tout se mélange.

J'ai la conviction que cet homme a une

vraie humanité, une force, une rage de vivre. J'ai à côté de moi un étrange "être humain". Comme un fauve en cage. Un étonnant mélange de raison et d'instinct.

Il me plaît, cet homme-là. Il est évidemment vrai. Son désarroi, son impuissance et sa colère tranchent avec tout ce que je peux voir aujourd'hui.

Un homme blessé. Mais debout. Qui crie à qui veut bien l'entendre sa volonté d'exister. Et il crie. Fort. Si fort que je ne peux plus l'entendre. Il me saoule déjà. Il m'énerve déjà.

Pourtant nous allons décider de faire un livre avec lui. Thierry est l'auteur de plusieurs ouvrages sur la voile, dont l'un fut édité par les éditions Mango, La Route du Rhum 1994. *C'est un auteur de la maison. Il est normal, pour nous, de lui donner un coup de main.*

Après cinq ans, Thierry est persuadé qu'il peut à nouveau écrire. Cinq ans de travail avec une orthophoniste, cinq ans de lecture de la presse pour comprendre. Cinq ans de réapprentissage. Il peut écrire, il doit, il exige.

L'aventure va commencer. Je crois comprendre que Thierry ne peut écrire seul. Une journaliste va tenter de travailler avec lui. Pendant de longues semaines, ils vont s'observer et essayer de commencer le livre. Échec total.

Thierry se bat, tempête : il est invincible. Il veut exister aux yeux des autres : son ex-femme, ses enfants, et tous les journalistes et sportifs avec qui il a fait le tour du monde à la voile ou des courses à moto dans tous les déserts.

Je ne suis pas sûre qu'il arrive à écrire le livre pour lequel il a signé un contrat. Il doit raconter sa « rage de vivre », sa traversée de la mort, ses cauchemars et ses rêves, ses désirs, ses progrès et surtout, surtout sa vie aujourd'hui.

Mais je vais y croire. Je vais passer des moments difficiles avec lui. Je vais souvent me mettre en colère. Je n'ai pas pitié de lui. Il le sait. C'est mieux comme ça. Et pourtant ma patience est vraiment mise à l'épreuve.

Thierry veut écrire son livre, mais il n'y arrive pas. Il cherche son passé. Moi, je veux qu'il nous parle de son après-coma. Il s'embrouille. Il me ment. Il réussit à me donner quelques feuillets. Qui parlent, bien sûr, de ses aventures avant son accident.

« Si je ne suis pas capable de me rappeler du passé, je ne pourrai pas me remémorer le présent », me dit-il.

J'avais déjà compris que ce livre était aussi une sorte de thérapie. Je n'abandonne pas. Mais j'ai des doutes sur la sortie effective de l'ouvrage.

L'été va être long. Échange de nombreux coups de téléphone, de mails. Mais toujours pas beaucoup de "copie". Thierry cherche, se cherche et se perd très souvent. Il y a juste qu'il vit. Qu'il n'est justement pas mort. Et qu'il est très seul.

Je vais finir par tenter de reconstituer un puzzle. Celui de sa vie après son réveil. Et celui des réminiscences de son passé. Je vais accrocher des petits morceaux de textes à des e-mail envoyés dans un grand désordre. Des amis vont aussi témoigner. Marc Pajot, Gérard Supau, Gérard et Amélie Fusil, Didier Piron vont permettre à Thierry de se réapproprier quelques souvenirs.

Ce livre est le résultat d'un bout de chemin qui a permis à Thierry de se rappeler un peu plus de sa vie avant le coma. Pour sa vie après, ce qu'il nous raconte est très éparpillé. Comme ses "neurones" aujourd'hui.

Il sera parfois difficile de trouver une réelle logique dans ce récit. Ce témoignage est à l'image de celui qui l'a écrit, désordonné mais sensible. Parfois incompréhensible mais souvent émouvant.

Un coma 3, on ne s'en remet presque jamais.

Thierry se bat beaucoup. Il fait des progrès.

Il a réussi à écrire assez pour nous donner l'envie de publier cet émouvant témoignage.

Thierry Rannou avant le coma

Thierry Rannou est né à Choisy-le-Roi le 9 janvier 1959. Il a deux frères, Hervé et Lionel. Fils d'une hôtesse de l'air, Huguette Poirier, qui travailla notamment sur Breguet Deux Ponts et Constellation. En Algérie, elle succomba au charme d'un mécanicien-navigant de DC 3, Guy Rannou. Le père de Thierry Rannou, issu d'un milieu très modeste, est entré à Air France comme mécano au sol. Sans le bac, il travailla alors pour devenir navigant et mena une brillante carrière jusqu'à piloter des Boeing 747. Grâce au métier de son père, Thierry fait de nombreux voyages à travers le monde. New York, Los Angeles, Rio de Janeiro. À dix-sept ans, il devient pilote de planeurs. À dix-huit ans, il part seul pour Tokyo avec son sac à dos. De retour en France, il passe un deug de philosophie à Tolbiac, et un autre de lettres à Jussieu. Au bout de deux ans, il commence à travailler comme journaliste et photographe. Il arrête alors ses études.

1980 : Il devient reporter à l'agence Sipa. Il publie des photos d'un camp de réfugiés cambodgiens à la frontière thaïlandaise.

1981 : Il devient responsable de la rubrique « Voile » à *L'Express*.

1982 : Alors qu'il couvre la *Whitbread* comme journaliste indépendant, son bateau fait naufrage au milieu de l'océan Atlantique. Il écrit alors son premier livre, *En Course,* chez Gallimard. Il devient photographe à l'agence Gamma pour laquelle il couvre la politique intérieure et étrangère.

1984 : Il découvre le Paris-Dakar qu'il va couvrir comme photographe pour l'agence Gamma.

1985 : Thierry Rannou poursuit son métier de grand reporter, notamment avec *Médecins Sans Frontières* en Éthiopie, en Mauritanie, via le Soudan, l'Égypte, le Tchad, le Niger et le Mali.

1986 : Après Cap Town en Afrique du Sud – Auckland en Nouvelle-Zélande– Punta del Este en Uruguay, Thierry passe pour la première fois le mythique Cap Horn comme équipier d'Éric Tabarly sur *Côte d'Or*.

1987 : Il participe en Australie à la Coupe de l'America, et co-écrit un livre sur cette épreuve avec Marc Pajot, qui court sur *French Kiss*.

1990 : Premier Paris-Dakar à moto où il casse son moteur à deux jours de l'arrivée. Il part pour Auckland afin d'embarquer sur un voilier soviétique, le *Fazisi,* pour faire un second Cap Horn, puis remonter d'Uruguay en Floride.

1991 : Il lance *L'Année de la voile* chez Calmann-Lévy.

1992 : Lors de son deuxième Paris-Dakar, Thierry se casse le bras à 25 kilomètres de la fin de la première étape en Lybie mais la finit tout de même. Un mois plus tard, à San Diego, il couvre pour *RTL* et *VSD* la Coupe de l'America. Il écrit également les communiqués quotidiens du défi *Ville de Paris* de Marc Pajot et aussi *Notre Défi*, paru chez Robert Laffont. Il écrit également *L'Année de la voile 1992.*

1993 : Thierry Rannou écrit *L'Année de la voile 1993* et participe à son troisième Paris-Dakar.

1994 : Il écrit *L'Année de la voile 1994* et un livre, *La Route du Rhum*, qu'il a également couvert pour la presse, aux éditions Mango. Quatrième Paris-Dakar.

Le 27 octobre, naissance de son fils Hugo.

1995 : Il termine 21e de son cinquième Paris-Dakar à moto. Huit jours après, il part avec son fils et sa femme à San Diego, couvrir la Coupe de l'America pour *RTL*, *Infos Matin* et *VSD* et écrit *L'Année de la voile 1995*, préfacé par Peter Blake, le patron des Néo-Zélandais qui viennent de remporter l'épreuve. En octobre, sa compagne, Odile, est enceinte de leur deuxième enfant. Du 1er au 15 décembre, il participe au Raid Gauloises en Argentine et présente l'épreuve dans un article de vingt-deux pages dans l'hebdomadaire *Le Point*.

3 janvier 1996 : Thierry Rannou chute lourdement de sa moto lors de son sixième Paris-Dakar.

CHAPITRE PREMIER

Le coma offre le redoutable plaisir d'apprendre à vivre de nouveau. Il m'a emmené très près de la mort. Il m'a, en me laissant me réveiller après cinq longues semaines de l'un de mes sommeils les plus profonds, fait oublier ce qui avait été le plus doux, comme le plus grave dans ma vie.

J'ai chuté en moto à 100 km/h, à 25 kilomètres de la fin d'une étape de 700 bornes. J'ai été propulsé sur une dune de sable au sud du Maroc pendant le Paris-Dakar 1996. Ma tête a été gravement touchée.

Mon coma a été un long et redoutable voyage. Je ne me souviens de rien. Il m'a tout enlevé.

La gravité de mon coma, trois dans l'échelle médicale de niveau quatre, m'a forcé à réapprendre, à retrouver les traces de mon passé. Il m'a contraint à me lancer dans une nouvelle vie, à me forger un nouvel avenir, dont j'ignore encore tout. Aujourd'hui, bientôt six ans après ce choc, il me laisse encore incapable de savoir de quoi sera fait ma vie.

Au sortir de ce redoutable voyage, je n'ai pensé ni à mon second enfant qui était en train de grandir dans le ventre de sa mère – elle s'appellerait Maud – ni à son déjà grand frère, Hugo qui avait alors quatorze mois.

Ce coma m'a touché très fort. Dès mon réveil, j'ai demandé où était ma maman. Il a si profondément endormi mes neurones que j'ai rêvé que ma mère allait venir me voir. Il m'a fallu alors de longues minutes, pour revoir maman sur son lit à la morgue de l'hôpital de Lorient. Là où j'avais accompagné mon père, qui venait de lui survivre.

Ce coma m'a fait oublier cette traversée de l'Atlantique qui avait failli tourner au drame. Une tempête terrible ! Nous avions coulé, avant d'être repêchés par un cargo. Ce coma m'a aussi fait oublier les heures passées, deux nuits durant, dans un camp de réfugiés au sud du Cambodge, près de la frontière avec la Thaïlande. J'étais alors photographe.

J'ai oublié aussi ce long voyage de Niamey à Nouakchott, où j'avais soigné des bébés au sud du Tchad, pour aider *Médecins Sans Frontières*. Avec eux, j'étais aussi allé de Khartoum, capitale du Soudan, jusqu'en Éthiopie.

Ce coma m'a fait oublier mes deux passages du Cap Horn à la voile. La première fois en équipier d'Éric Tabarly en 1986, la deuxième à bord d'un bateau soviétique en 1990.

J'ai oublié aussi le voyage à pied si passionnant au Népal, de 2 900 mètres à 5 200 mètres. Comme la plongée sous-marine, depuis une île du Cap-Vert.

Il m'a aussi forcé à réapprendre à lire, à me souvenir des aventures et des événements couverts au fil des quatorze livres écrits, dans ce qui fut une première vie.

Aujourd'hui, cinq ans et demi après ma chute en moto sur le Paris-Dakar 96, j'ai décidé de raconter comment j'ai vécu tout ce temps après mon accident.

Quelques amis m'ont aidé à me souvenir des moments forts de mon après-coma.

Leurs mots et les miens me permettent de faire le point sur ce que je suis aujourd'hui.

Ce livre est mon seizième ouvrage. Il est très différent des autres qui parlaient de courses de voile et d'exploits sportifs. Pour la première fois, j'ai écrit sur moi.

Pour un peu me retrouver.

Chapitre 2

Je ne me souviens de rien ou si peu. Certains souvenirs remontent-ils à trois jours avant l'accident ? Ou bien plus avant ? À un Dakar vécu les années précédentes ? En fait, je ne me souviens pas des dix-sept jours précédant le coma. Ma vie s'est arrêtée au retour du Raid Gauloises en Argentine, en décembre 1995, quinze jours avant le départ du Dakar.

Aujourd'hui, je cherche à retracer la route qui m'a emmené à ce coma, aussi proche de la mort. Je ne suis sûr de rien. En tout cas, de rien de ce que j'ai vécu lors de ce Dakar 96. Je ne me souviens absolument de rien. Un noir total, sur les trois étapes qui l'ont précédé. Je n'ai pas l'once d'un souvenir.

Les avis médicaux expliquent, avec un raisonnement très scientifique, cette absence de mémoire. Un « coma 3 » est si profond que les plus grands et meilleurs médecins sont aujourd'hui surpris par ma façon de lire, d'écrire et de raisonner. Eux qui, pourtant, ont cru que je ne serais jamais capable de réveiller tant de neurones endormis. Les voilà surpris. Et pour être honnête, moi aussi.

Les médecins, qui m'accompagnent depuis maintenant cinq ans et demi, ne savent pas, je le crois en toute simplicité, jusqu'où ira mon évolution, ma capacité à lire, à raisonner et analyser, à me souvenir du texte lu.

Alors que je me suis battu, en reprenant tout à la base. Depuis trois ans, je suis des cours d'orthophonie et rien n'est facile. Il me faut fournir tant d'efforts pour, au-delà du « mécanisme de lire », réapprendre les mots qui parlent, ceux qui sont employés dans la vie de tous les jours. Non, rien n'est facile. Ce combat est solitaire.

Je veux prouver aux médecins, qui me disent incapable de jamais retravailler, qu'ils ont tort. Je veux être à nouveau capable de lire « comme un homme cultivé », et de pouvoir comme aujourd'hui écrire mon histoire.

En me laissant si seul, éloigné de mes enfants, éloigné de ma femme, ce coma n'est pas facile à vivre. J'ai pourtant aussi, je crois, tant d'espoir, d'énergie, et de douceur en mon âme.

Comme l'ont, je crois, tous les êtres humains qui ont vécu des choses fortes, risquées, et qui ont parfois été proches de la mort.

Afin de mieux faire comprendre la « nature » de cet accident, il me faut revenir sur les semaines qui ont précédé mon coma.

C'est simple : je crois avoir fait une grosse bêtise, en me croyant capable d'aller bien au-dessus de mes forces. En décidant « comme un imbécile », deux mois et demi avant le départ, de me refaire un Paris-Dakar, non plus pour le réel plaisir d'aller au bout de moi-même, mais juste pour gagner de l'argent. Bêtement. Odile, ma femme, et moi attendions un second enfant. J'ai vu là une occasion agréable et rentable d'améliorer mes finances. Ayant passé ma vie au-dessus de mes moyens, cette décision – qui fut donc une sottise presque mortelle – n'est que celle d'un journaliste indépendant, qui veut tout d'un coup s'offrir un petit extra.

Je ne dois pas aller plus loin sans vous avouer, vous dire très clairement qu'il y a eu bien évidemment un certain plaisir à décider de partir à nouveau. Mais je me suis inscrit à la mi-octobre 95, sans savoir dans quel état physique je serais. J'allais en effet disputer le Raid Gauloises en Argentine, quinze jours avant le départ de ce satané Dakar... À Buenos Aires, le 1er décembre 1995 au matin du départ de l'épreuve, je ne savais pas qu'une équipe polonaise allait me prendre comme

« équipier de secours », afin de remplacer un de leurs gars, privé de compétition à cause d'un genou droit de travers. Du journaliste que j'étais, je devenais participant. Et même si ce raid a été formidable, il m'a vraiment épuisé.

Par l'expérience que j'ai de la vie, je sais que beaucoup de situations sont plus dramatiques que la mienne, que je n'ai pas le droit de me plaindre. J'ai décidé seul de partir sur ce Dakar 96, et quand bien même ai-je décidé de le courir pour gagner de l'argent, je suis responsable de tout.

Croyant être clair vis-à-vis de cette situation, je suis pleinement responsable de mon accident. Que la voiture m'ait doublé, ou que j'aie tenté de la dépasser, tout là-bas au sud du désert marocain, je suis responsable de ma chute. De mon accident. De mon coma. De mon voyage si proche de la mort.

Après tout, j'avais fait naufrage au milieu de l'Atlantique, lorsque le voilier sur lequel je devais, en 1982, passer mon premier Cap Horn à la voile, avait coulé. Ce qui ne m'avait pas empêché d'être, quatre ans après, membre de l'équipage de dix-huit personnes, dirigé par Éric Tabarly, pour régater dans les grandes mers du sud. Encore quatre ans après ce premier Cap Horn, j'y étais bien retourné, chevauchant l'océan Pacifique du grand Sud, à bord du *Fazisi*, un bateau soviétique, dont je n'avais découvert l'équipage qu'en mettant mon sac à bord, en arrivant à Auckland en Nouvelle-Zélande ; huit jours seulement après la fin de mon premier Paris-Dakar à moto. Quand on est journaliste indépendant, participer à de tels rallyes, que ce soit le Raid Gauloises ou le Dakar permet, si on monte bien le coup au niveau financier, de gagner de l'argent, tout en s'accordant de grands plaisirs. Mais on frôle aussi de grands dangers.

Afin de revenir à « l'accident », voilà qu'après toutes ces lignes, je n'arrive toujours pas à me rappeler grand-chose. Je sais que ce fut très grave, mais je ne me souviens pas des quinze jours qui se sont déroulés entre le retour de Buenos Aires, et le départ de ce foutu rallye.

Deux éléments sont néanmoins, grâce à deux aides extérieures, revenus à ma mémoire. En effet, souvent, ce sont les autres, ceux qui sont venus me voir à l'hôpital, qui m'ont aidé à remonter le fil de mes souvenirs. Par une évocation d'un détail insignifiant *a priori*, par la citation d'un lieu ou le récit d'une soirée à Buenos Aires ou par les photographies de mes nombreux voyages et celles de ma famille accrochées au mur de ma chambre à l'hôpital.

Le premier concerne le dîner avec mon amie Jane Redford. Une partie de ce souvenir est revenu à ma mémoire, grâce au récit d'Éva, ma compagne d'aujourd'hui, qui m'a raconté cette soirée passée avec Jane dans un restaurant. Un dîner qui s'était déroulé deux ans avant que le cancer n'embarque Jane jusqu'à la mort.

Mais de cette soirée, de ce dîner, je n'ai qu'un vague souvenir. Rien de précis. Je me souviens bien d'une soirée mais après mon coma. Pourtant, le fait qu'Éva évoque ce moment me trouble. Je sens que j'y étais, mais si je ferme les yeux, aucune image ne vient.

Le second souvenir n'en pas vraiment un non plus. Il ne tient qu'au visionnage d'une cassette vidéo ; Gérard Holtz m'avait interviewé une quinzaine d'heures avant mon coma. En revoyant cet entretien, je me suis, je crois, réapproprié les images. Je me suis identifié à l'homme devant la caméra. Comme une décalcomanie. J'ai reconstruit une réalité à partir de cette cassette. Mais ma mémoire ne s'en souvenait pas.

CHAPITRE 3

Je me suis réveillé cinq semaines après un sommeil très profond.

Les autres se souviennent mieux que moi de mon retour à la vie. De la fin du coma, je ne me souviens de rien. De ce retour à la vie, à une existence normale, je ne me souviens de rien. Ni du moment où j'ai rouvert les yeux, ni du moment où j'ai bougé la tête. Les premiers mots que j'ai prononcés étaient un mélange incompréhensible d'anglais et de français. Je ne m'en souviens pas. Eux m'ont raconté.

Ils me disent qu'alors, ils m'avaient

retrouvé, assis en couche-culotte sur un fauteuil de la chambre de l'hôpital Foch à Suresnes, où j'allais rester deux mois et demi.

De ces moments où j'ouvrais les yeux, les bougeais, en observant ceux qui me rendaient visite, non, je ne m'en souviens pas. De rien. Et je ne m'en souviendrai jamais.

Être passé dans cette autre forme de la vie, si proche de la mort, durant plus d'un mois, fait que rien ne reviendra jamais à ma mémoire ni dans ma tête. Il me faut désormais vivre cette nouvelle existence, en acceptant de ne jamais connaître ce qui s'est réellement passé.

Six jours après le coma, j'ai eu trente-sept ans. Et dire que, l'un des premiers jours où j'ai recommencé à parler, je disais avoir trente-trois ans ! Me donnant ainsi l'âge de Jésus-Christ lors de sa mort. Une pensée que j'ai peut-être eue (dis-je aujourd'hui avec humour) en bon ancien enfant de chœur. Rôle que j'avais tenu avec conviction chaque dimanche, à l'église de Lésigny, où habitaient mes parents.

Neuf jours après le début de mon drôle de voyage, François Mitterrand est, lui, réellement mort. Lui, le président de la République française, que j'avais une fois pris en photo dans son salon, alors que, vers l'année 1982, j'étais photographe à l'agence Gamma. Il m'a fallu bien du temps pour savoir, et donc comprendre qu'il venait de mourir.

Six jours après mon réveil, je me suis remis à parler. Avec le vocabulaire que j'employais alors, il n'était pas facile, pour tous ceux qui me rendaient visite, de comprendre mes questions, de cerner la source de mes interrogations. Ils me répondaient, d'une façon qui était à leurs yeux simple et normale, et moi je devais transcrire leur propos.

J'ai très vite demandé où était ma mère. Je ne me suis alors pas souvenu que ma maman s'était noyée. En se baignant avec mon père, à Lorient, le 14 juillet 1984. J'avais été le premier à aller la voir à la morgue. J'avais accompagné mon père. Il avait, de très peu, failli y passer. J'avais moi-même prévenu mes deux frères et organisé l'enterrement. Avoir oublié un moment aussi dramatiquement fort, montre que ce coma m'a emmené bien loin de toute réalité.

J'ai donc appris deux fois la mort de ma mère.

J'ai mis beaucoup de temps à comprendre que la femme qui venait me voir si souvent était la mienne ! Je l'appelais Éva, alors qu'elle se prénomme Odile.

Éva est une femme qui a beaucoup compté dans ma vie avant le coma. Je l'avais quittée pour fonder une famille avec Odile. Mais à mon réveil, je ne savais plus très bien qui était en face de moi.

J'ai commencé mon retour à la vie, en appelant ma femme par le prénom d'une autre.

Au fil des jours et des semaines qui ont

suivi mon réveil, je suis ainsi revenu à la vie. J'ai appris que j'avais un fils qui s'appelait Hugo et que j'allais avoir un autre enfant dans quelques mois. Toutes ces informations étaient difficiles à mémoriser. Trop de confusion et aussi d'oubli de ce que l'on venait de me dire.

Rien n'a été facile. Petit à petit, j'ai considéré l'univers médical néfaste à mon intérêt, pensant que l'on me gardait à l'hôpital uniquement par « méchanceté ». Les médecins étaient pour moi incapables de comprendre. J'avais du travail comme journaliste indépendant, je devais sortir, en sortir ! !

Je regardais beaucoup la télévision, mais je ne comprenais pas grand-chose. J'avais oublié le nom des pays ou des hommes politiques… Je manquais terriblement de repères. Ils parlaient trop vite. C'était, pour moi, terriblement fatigant.

Je ne me rendais absolument pas compte que je ne pouvais pas sortir tout de suite de l'hôpital. Je bouillonnais, je me sentais prisonnier. Il me fallait, comme toujours, être en activité, bouger, rencontrer du monde.

Je n'avais pas de souvenirs, mais mon caractère n'avait manifestement pas changé ! Impatient, parfois colérique. J'étais une copie de moi-même, une coque vide qui voulait tant se remplir.

Heureusement, j'avais des visites. Ceux qui sont venus me voir peuvent me raconter comment j'étais. Comme Gérard et Amélie Fusil. Retour en arrière : « Tiens, Gérard, voici ton camion. »

Leurs mines étonnées, à m'écouter ainsi désigner ce qui arrive du ciel, me surprend. Ils sont pourtant tous les deux parmi les derniers dont je me souvienne, comme existant dans ma mémoire d'avant mon coma. Sans corriger mon propos, leurs visages sont juste soudainement surpris. Ils marquent leur étonnement. Ce que je viens d'appeler « camion » est en fait un hélicoptère. Il vient d'atterrir. Mais je n'en suis pas à considérer ces détails linguistiques.

Gérard et Amélie viennent juste d'arriver à l'hôpital Raymond-Poincaré de Garches, pour me rencontrer là où je réside depuis quelques jours. Ils ont le sourire, sont mignons et sympas. Je les revois tout là-bas en Argentine, au fil des étapes du Raid Gauloises. C'était il y a trois mois. Mais dans ma tête, avec ma nouvelle vie, le moment est très proche. Ma mesure du temps n'est pas la même que celle des autres.

Tout au long de ce Raid, au fil des étapes de ces deux semaines de réelle aventure dans la Cordillère des Andes, j'ai souffert. Mais j'en ai rapporté la richesse d'avoir vécu un grand moment. Dans un univers où se mêlent tant d'efforts, de douleurs, mais aussi de plaisirs, les vibrations sensorielles et mentales font taire la notion du mal et l'appréhension.

Au fil des propos que nous échangeons, j'arrive à me souvenir que c'était beau de crapahuter dans la montagne, de skier dans cette somptueuse et impressionnante haute montagne. Que d'efforts physiques pour se hisser, par la force de jambes et d'un corps déjà bien éprouvé par les cinq ou six premiers jours de l'épreuve ! Avec les skis, vers le sommet d'où on nous promet que nous verrons d'un côté l'océan Pacifique, et de l'autre l'Atlantique !

Alors que je suis ici, à l'hôpital, pour bien autre chose, je prends du plaisir à reparler de tout ce raid avec Gérard et Amélie. J'aime discuter, leur demander de m'aider à en retrouver le souvenir, de cette « putain » d'équipe de Polonais, qui m'avaient pris avec eux pour remplacer un de leurs équipiers.

Au milieu de l'ascension vers le sommet de la montagne, Gérard me rappelle que j'avais quitté mon équipe. « Il y avait une halte dans un chalet de montagne, à 2 800 mètres d'altitude. C'était la dernière halte avant que vous ne grimpiez jusqu'à 3 200 mètres. Et là, tu as dit en avoir assez d'être avec eux, qu'ils te faisaient porter le sac à dos le plus lourd, que tu venais de faire l'ascension en marchant plus vite que les trois garçons et leur équipière, que tu les attendais en t'allongeant sur des arbres abattus, et que tu repartais sans plus vouloir faire équipe avec eux. Au chalet, tu as décidé de les quitter, et tu es entré comme remplaçant dans une autre équipe dont un des types venait de baisser les bras, trop fatigué par tout ce début d'étape pour continuer. Tu as pris sa place. »

À force d'écouter Gérard, le souvenir me revient. Je ne dis rien pendant plusieurs minutes.

Il me faut du temps pour me réapproprier les sensations, pour me reformer une mémoire.

Des images arrivent, tournent et repassent alors dans ma tête. Je me refais un petit voyage, tout là-bas, dans un monde qui était pourtant si proche du Paris-Dakar, mais qui est alors, me semble-t-il, très loin de l'univers dans lequel je suis plongé. C'est un peu confus, un peu en noir et blanc, un peu comme dans un rêve. Mais je suis éveillé, et je cherche à reconstituer ces moments que je n'aurais jamais dû perdre. Ils semblent si intenses, ces moments, lorsque mes amis en parlent, que je fais des efforts prodigieux pour m'en souvenir. J'ai ainsi quelques flashs. Avec les mots que j'entends, quelques sensations arrivent à ma mémoire, tellement en miettes que j'en ai mal à la tête.

Une fois descendus, nous avions dévalé la montagne en rappel. Deux descentes, bien harnachées, en allant d'un espace à un autre en marchant scrupuleusement sur un tout petit sentier. Il fallut ensuite monter à cheval, pour se rapprocher de l'arrivée. Bernard Giraudeau, l'acteur, était de la partie. On avait souffert. Mais c'était tout simplement beau, et grand à vivre, avec un bivouac dans une petite ferme, et les chevaux proches du torrent.

Les images reviennent enfin, plus précises. Avec le plaisir de les retrouver. J'ai gagné aujourd'hui un peu de mon passé.

Je vis aujourd'hui dans un autre univers.

Le temps n'est pas venu de se projeter dans un avenir proche, même si j'aimerais retrouver les compagnons de cette aventure, comme Gérard et Amélie, pour y songer de nouveau.

Alors, quand je demande à Amélie, si elle s'occupe toujours de « ses toutous », il lui faut beaucoup d'imagination et de calme, et un peu de temps, pour comprendre que je dois parler de concurrents dont elle s'occupait beaucoup pendant le raid.

Autre surprise, pour ce couple si attentif à mes propos, je parle beaucoup de mes enfants. « Hugo est un grand garçon de dix-sept mois, et un nouveau bébé va naître dans trois mois. » Sans bien sûr m'en rendre compte, je continue d'appeler Odile, Éva. Nouvelle confusion de mon esprit, le bébé est non dans le ventre d'Éva mais dans celui d'Odile.

Gérard et Amélie, que j'ai appelés, sans hésitation, par leurs vrais prénoms, prennent ce lapsus avec un naturel déconcertant. Et puis tout d'un coup je leur parle d'argent. « Tu sais, Gérard, quand le père d'Odile a téléphoné à ma banque, j'étais à moins 220 000 francs, car l'argent que j'avais eu par mon sponsor, le journal *Lui*, n'était pas encore rentré. Plutôt que du cash, le boss m'avait donné 130 000 francs de pages de publicité, que j'avais moi-même vendues aux gros sponsors que tu connais dans la voile. *Fujicolor* ou *Primagaz* étaient sur ma moto, mais je portais le nom *Lui*, écrit en gros, sur ma combinaison. »

Soudainement, lassé de rester ainsi assis, à parler sur une pelouse de l'hôpital, je me lève et les entraîne pour une balade dans ce parc qui grimpe jusque dans la forêt.

Ils me trouvent en bonne forme physique, comme quelqu'un qui va bien. Me promener, sans difficulté d'aucune sorte, c'est comme si ma vieille nature était déjà réveillée. Pourtant, au niveau de la parole, ils sont ainsi bien surpris de m'entendre passer d'un sujet à l'autre. Que je parle toujours en passant du coq à l'âne. Ils sont surpris de m'entendre employer une suite de mots pour former mes phrases, tenir le propos auquel je pense sans que les mots se succèdent avec logique. Je parle très vite, trop vite. Comme s'il me fallait tout dire. Mais les mots se bousculent, s'entrechoquent. Je forme des phrases dans lesquelles tous les mots employés ne s'articulent pas toujours très bien.

Je deviens parfois incompréhensible. Et je mets du temps à m'en rendre compte. Je saoule mes amis pendant de longs moments avec des torrents de descriptions, de pensées diverses, de constatations et souvent de colères.

Je me souviens être un jour sorti à pied de l'hôpital pour raccompagner Éva à sa voiture. Cette première échappée de ce lieu que je détestais, je m'en rappelle très bien. Alors que bien d'autres choses ne me reviennent pas en mémoire.

J'ai fini par sortir de cet univers que je ressentais comme une prison, et à ce moment-là les choses ont changé pour moi.

Sortir de l'hôpital me donnait la force

d'avancer, de me recomposer avec la vie.

Deux mois et demi après mon accident, je pouvais voir le monde d'une autre manière. Je pouvais essayer d'apprendre ses codes et ses secrets.

Le travail vers moi-même pouvait commencer.

Chapitre 4

Au moment de mon réveil et dans le mois qui a suivi mes dix semaines d'hôpital, j'ai dit des choses difficiles à ma femme Odile. Que je l'avais trompée, que j'avais eu beaucoup de maîtresses.

À ce moment-là, lui dire la vérité me semblait simple. La rage qui était en moi au moment de lui parler était très forte. J'ai dit à Odile que, bien loin d'être seulement une brillante businesswoman, elle était une merveilleuse amante.

Mais, ce coma m'a fait lui dire, lui crier que notre vie à deux ne me convenait pas. Ma parole de post-comateux est devenue libre, ouverte. Mes mots ont fait mal. Je ne dissimulais plus rien. L'évidence était une réalité. Il me fallait me reconstruire, me révéler à nouveau. Tout sortait, en vrac. Pas trié. Une longue descente en moi-même qui faisait si mal à Odile.

Mais au moment d'écrire ces lignes, quelques souvenirs de nuits torrides avec ma femme me reviennent. Et je sais que c'est au cours d'une d'entre elles que nous avons conçu notre fille, Maud.

Je me souviens qu'un jour nous voyagions à vélo au sud de Biscarosse, où Hugo tout bambin était resté chez ses grands-parents. De fermes en villages, nous vivions un très grand moment. Nous avions la même fougue que lorsque nous marchions dans l'Himalaya ! Nous avons roulé comme des fous jusqu'à une maison, dominée par de grands et majestueux pins. Il avait fallu marcher de nombreux kilomètres jusqu'à un très bon restaurant. Et c'est en revenant la main dans la main, que nous avons – juste un peu pompette d'avoir bu tant de bon vin – fait l'amour. Maud fut conçue cette longue soirée-là. Dans cette belle maison que nous quittions le lendemain matin, en enfourchant à nouveau nos vélos, pour aller retrouver Hugo, qui gambadait dans le jardin, tout fier de ses dix mois.

Pourtant, malgré tout ça, mon réveil à la vie m'a obligé à dire encore et encore mes insatisfactions, mes humeurs, mes ressentiments. Odile ne supportera pas longtemps ce trop-plein de sincérité, de détails, de vérité. Mais elle m'accompagnera encore quelques temps avec beaucoup de courage malgré tous mes excès de paroles.

Je sais, aujourd'hui, que je ne pouvais alors rien contrôler. Que d'être passé aussi près de la mort me donnait une telle exigence vis-à-vis de ceux que j'aimais que tout était difficile pour eux. J'étais insupportable ; dans ma tête, rien ne fonctionnait comme avant. Les mots se précipitaient avant mes pensées. En anglais, en français. Sans forcément de logique. Sauf celle que je cherchais à retrouver pour moi.

Chapitre 5

Je viens de sortir de l'hôpital depuis quelques jours, et je vais enfin partir un peu de Paris où je ne me sens pas très bien. Je manque d'air, d'espace. Et puis tout réapprendre est épuisant.

Odile me laisse un peu conduire la voiture. Hugo est à l'arrière, sur son siège de bébé, avec notre amie Pat et sa fille Margot à ses côtés. Nous faisons une longue balade pour aller chez nos amis Catherine et Claude Develay.

Ce couple règne sur *Fujicolor France,* le trimaran de Loïck Peyron, à bord duquel, il y a deux mois, j'ai eu tant de plaisir à naviguer, à barrer. Nous sommes arrivés, sous un beau soleil, en milieu d'après-midi. Leur grande villa est en pleine campagne. Ils nous ont accueillis comme des amis.

Comme si je venais simplement d'être absent un petit bout de temps.

Pourtant, peuvent-ils se douter de la rage que j'ai dans la tête, pour trouver les mots, le bon ordre et le bon rythme, afin d'arriver à exprimer ce que me disent mon cœur et mon âme. Tous ces mots, je les ai, ils existent en moi mais ils sont en veille. Je voudrais, par miracle, parvenir à les prononcer. Pour l'heure je suis bien avec Odile, notre Hugo qui marche, et le bébé qui va arriver. Alors, quelle que soit ma volonté de parler, de comprendre et de réagir comme les autres, j'essaie de tout prendre avec calme. Je n'y arrive pas toujours. Je ne suis pas aussi serein qu'aujourd'hui, à l'heure où j'écris ces lignes. Je ne comprends pas alors toute la gravité de mon trouble, de mon choc à la tête. Je ne peux plus sur-le-champ, tout d'un coup, saisir l'impact si grave et violent, que l'accident, mon coma, ont porté à ma tête. De façon irrémédiable.

Je vais passer un bon moment dans cette maison. Mais je sais que j'ai beaucoup souffert en constatant que mes amis n'arrivaient pas à comprendre ce que je leur disais. Décalage garanti. Énervement. Maux de tête. Coup de gueule.

Chapitre 6

Je vais décider de réapprendre à lire. Il m'est absolument nécessaire de pouvoir à nouveau acheter les journaux, comprendre et mémoriser ce qu'ils communiquent. J'ai une telle soif d'apprendre, de réapprendre que je dois aller chez un orthophoniste. Car tout seul, il m'est impossible de lire correctement. Les mots ont perdu leur sens et surtout les liens qui existent entre eux n'ont de sens que pour moi.

Je vais donc aller voir Isabelle Arnaud-Cohen. Elle est jeune, très mignonne, mais je suis sûr à ce moment-là que je n'irai pas très longtemps à ces séances. J'y vais pourtant cinq fois par semaine. Cinq séances de trois quarts d'heure, avec un taxi qui m'emmène pour l'aller et le retour, et ça juste pour que je réapprenne à lire les mots, puis à les assembler pour faire des phrases.

Des mots, j'en ai tant manié au fil des quatorze livres que j'ai déjà écrits, tant lu avec toute la presse et la multitude de livres que j'ai dévorés durant mon adolescence. Alors je pense qu'avec mes licences de lettres et de philo derrière moi, je n'en ai pas pour très longtemps.

Là, je dois, à l'aide de cartes, lire des mots. Puis associer une autre carte avec un autre mot, ou un pronom, ou une liaison. Cela ressemble à un jeu d'enfant.

Comme avant mon coma, je suis sûr de moi. Tout va aller forcément très vite.

En fait, j'irai pendant trois ans au rendez-vous chez madame Arnaud-Cohen ! Je ne me doutais pas du tout du long travail qu'il fallait que je fasse (et que je fais toujours !) pour arriver à lire correctement.

J'achète la presse quotidienne, surtout *L'Équipe*, *Libération* et *Le Monde*, ainsi que les hebdomadaires qui traitent de ce qui se passe en France, et dans le monde. Déjà, de nombreux pays retrouvent une place dans ma tête. J'ai tellement voyagé sur les cinq continents, qu'il est comme naturel de petit à petit remettre la bonne ville à la bonne place. Mais après mon coma, je ne savais vraiment plus où les situer. Aujourd'hui encore j'enrichis chaque jour mon vocabulaire, mais aussi mes notions de géographie ou de politique. J'apprends, je note les mots que je ne comprends pas pour vérifier leur sens dans le dictionnaire. Du coup, j'ai des carnets entiers plein de définitions, de mots et de concepts.

Ce qui m'énerve tout de même, c'est de ne pas me souvenir longtemps de ce que j'ai pourtant, une fois, déjà trouvé et à nouveau repéré.

Comme si une partie de ma tête fonctionnait bien au présent, mais ne gardait pas bien en mémoire ce qu'elle venait de réapprendre. Trop de neurones ont été endormis par le coma, me disent les médecins. Mais je suis sûr que j'irai plus vite qu'ils ne le disent et que je récupérerai la force de travailler bientôt, bien avant qu'ils ne le pensent.

Chapitre 7

Odile va me quitter. Ou plus exactement va me mettre dehors !

Les rapports avec elle ne sont pas bons. Comme si entre nous, il y avait quelque chose de brisé. Quoi exactement ? Je n'en sais rien.

Odile a souffert, elle a été profondément troublée par mon voyage un peu trop proche de la mort. Enceinte, il lui a fallu trois longs mois d'énergie, pour m'aider à vivre au mieux mon long séjour à l'hôpital. Mais après ma sortie de l'hôpital Foch de Suresnes, et mon court séjour à l'hôpital

Raymond-Poincaré de Garches, elle a pris la mesure des événements qui venaient de se passer : mon accident, mon coma, nos enfants, notre vie brisée.

Elle me met dehors, trois mois après la naissance de notre petite Maud, juste quatorze mois après le coma, et même pas un an après ma sortie de l'hôpital. Ce n'est pas le pire qui puisse m'arriver. En de tels moments, dont la gravité pourrait me pousser à la violence, je pense à la mort par noyade de ma mère ou à toutes les missions de grands reportages effectués du Cambodge à l'Afrique avec *Médecins Sans Frontières*. Et ces pensées me calment.

J'ai, dans ma vie, vu et vécu des moments et circonstances plus graves que l'échec de la relation amoureuse avec Odile. Je suis, je crois, incroyablement calme. Incroyablement, car en fait, j'en prends plein la gueule.

Je crois tellement fort en mon avenir à ce moment-là, que je parviens à contrôler et assimiler tous les présents.

Un jour de mars 1997, quatorze mois après mon coma, je quitte donc Versailles où je vivais avec Odile.

Je suis contraint à emménager dans l'appartement de mon plus jeune frère, Lionel, de six ans mon cadet. à Saint-Mandé. Lionel n'a rien chez lui. Sauf son lit, et un immense réfrigérateur, pour deux célibataires.

Je vais m'éloigner de mes enfants.

J'étais difficile à vivre, je le sais, mais aussi bien décidé à être un bon père pour eux. Je n'ai pas eu le choix, et pourtant j'ai respecté celui d'Odile. Notre couple n'était pas très soudé avant mon accident, mais je suis certain que mon coma a totalement bouleversé notre relation. J'étais bien sûr le même, et cependant si anxieux de retrouver toutes mes facultés, que très souvent je ne pouvais mesurer mes humeurs, mes réflexions envers elle, et finalement mon agressivité est devenue sans doute trop forte, insupportable. Il était trop difficile de vivre le quotidien avec moi.

Alors, elle m'a demandé de partir.

Putain de coma !

CHAPITRE 8

Me voici à la campagne. Nous sommes début juillet. Il fait beau et chaud. Voilà que sur un coup de cœur, je me retrouve du côté d'Auxerre. L'environnement me plaît. Riche d'images belles et variées. Et je suis pourtant d'une humeur que les autres doivent juger « massacrante ».

Car rien n'est facile, ni ne se passe comme je le voudrais.

Voici trois semaines que je suis le papa d'une petite fille, qu'Odile a choisi de prénommer Maud.

Au moment de penser à tout cela, les

noms ne me reviennent pas facilement en tête. Je vois les visages, je me souviens de leur allure et de leur fonction, mais je ne peux pas associer un nom à visage. J'ai du mal à trouver les mots pour m'exprimer. Tout est un peu flou et se mélange. Entre les impressions et les réalités que l'on me raconte, je ne sais plus où j'en suis.

Avec mes deux Cap Horn derrière moi, mes transats et mon naufrage, je me retrouvais pourtant là dans un univers plus familier.

Cette maison de campagne où je suis invité est toute en longueur, avec un petit lit paysan des années 30, dans la chambre qui m'abrite. D'un côté, dans le plus petit espace, vit mon amie Michèle Cohen. Quand elle quitte Paris et son travail, comme elle aime tant le faire, dès que le week-end pointe le bout de son nez, et qu'elle rejoint sa maison, c'est une autre femme.

À côté vivent ses parents. Son père est très calme, très philosophe et immensément courtois. Heureux de vivre avec sa femme... Elle sculpte. Elle a les cheveux bien coiffés, avec un joli chignon, habillée comme une grande dame.

Je suis content d'être ici. Et j'ai la rage en même temps. Odile et les enfants sont partis pour tout l'été à Biscarosse, tout là-bas entre Bordeaux et Biarritz, et je me retrouve seul, loin d'eux. Si Odile était restée à Paris, j'aurais au moins pu voir mes enfants un tout petit peu.

Et puis, je ne trouve pas les mots que je cherche pour dire ce que je pense. Parler avec les autres est un combat permanent.

À l'hôpital, j'étais comme un grand malade, alors on comprenait que j'avais du mal à exprimer ce qui me passait par la tête. On m'écoutait patiemment, on me plaignait, sans doute. J'étais tellement blessé.

Mais ici, je suis comme quelqu'un d'autre. Mais aussi quelqu'un qui ne sait pas ce qui lui est arrivé. Personne ne peut se douter du combat permanent que je mène. Aussi, je suis de très mauvaise humeur.

Ne pas trouver les mots qui me permettraient de dire ce que j'ai dans l'âme. Ne pas comprendre le sens des conversations lancées par les autres, par cette Michèle, pourtant si gentille, par ses parents si compréhensifs, est exaspérant. Je ne supporte plus que l'on parle trop fort. Ni que les sujets de conversations se succèdent, sans que j'ai le temps de bien cerner de quoi on discute.

Et puis j'ai horreur du bruit. Je suis ennemi de ces échanges de phrases trop rapidement pensées et énoncées. Il m'arrive ainsi, avec une fougue qui peut ressembler à de l'agressivité, d'exiger sans ménagement et sans humour qu'on baisse la conversation d'un ton. Ces moments sont cruels à vivre. Que ce soit les propos dont je ne cerne pas tout de suite le sens, ou le bruit qui émane de la bouche des autres, et qui me harcèle les tympans.

Et puis je ne supporte pas les fous rires qui viennent comme ça, liés à ce que je suis, à ce que je dis, à ce que je fais. Au cours d'une longue balade dans les champs, je m'écrie tout d'un coup :

« Oh ! un mouton ! » et voilà que Michèle éclate de rire. Mon mouton, m'explique-t-elle, est un lapin. Plutôt que de prendre sa remarque comme une aide, je l'engueule. « C'est pas un drame de prendre un lapin pour un mouton ! Tu exagères de tout prendre aussi sévèrement ! C'est un animal qui court, nom de Dieu ! » Voilà tout simplement pourquoi Michèle définit mon humeur comme étant irascible, doublée d'un total manque d'humour.

Au fond, ce qui me met le plus facilement en colère est de ne plus me sentir, tout d'un coup, concerné par le dialogue en cours. Nous entamons un sujet de discussion, chacun parle, marque son intérêt, la discussion s'emballe. Moi, face à tous ces mots, toutes ces phrases dites avec passion, je ne trouve, très vite, plus ma place. Si tout d'un coup j'en ai assez de chercher à suivre le fil du dialogue, je me lève et je quitte la table.

Je peux revenir voir si j'adhère au sujet, pour rester dans le groupe. Et si les propos sont à nouveau trop durs à saisir, je me lève à nouveau et quitte la bande.

J'aime alors aller retrouver mes affaires. Mes vêtements et plus encore les journaux et revues qui accompagnent mes voyages. Aussi difficile et longue que soit leur lecture, je sais qu'en m'accrochant à elles, je vais récupérer plus vite. Je me suis trop battu pour avoir des journaux à l'hôpital, pour maintenant perdre le goût de les détenir. Les tenir en ordre, les ranger en apprenant à nouveau qui écrit quoi, pour quel journal, pour quel éditeur, fait partie de mon perpétuel petit combat solitaire. Voilà pourquoi je veux toujours m'assurer que personne ne les a déplacés dans mon dos. Je deviens presque maniaque. Je peux me mettre en colère si je ne les retrouve pas. Pensant, bien sûr, que quelqu'un l'a fait exprès.

CHAPITRE 9

Le train m'amène gare Saint-Lazare. Deux stations de métro et je suis chez Michèle, rue du Mont-Thabor. Là où naissaient les livres, les *Années de la voile* que j'écrivais avant le coma.

Il y en a un autre à écrire. Pour lequel je m'étais engagé avant mon accident. *L'Année de la voile 1996* doit sortir prochainement, mais mon coma, mes difficultés de récupération m'empêchent de l'écrire. Treize confrères ont décidé de l'écrire à ma place. Pour moi. En me donnant la signature et le revenu de cet ouvrage pas comme les autres.

Michèle a l'idée de demander à Éric Tabarly d'en écrire la préface. Coup de cœur, générosité propre à celui qui fut mon skipper lorsque j'ai caracolé à bord de son grand monocoque *Côte d'Or,* avec son l'équipage franco-belge. Une périlleuse régate tout au long de l'océan Indien, puis par le Cap Horn, au fil du Pacifique, vers l'Atlantique et la remontée en Uruguay. Ce livre est ainsi si proche de mon vécu, de l'ancien comme du nouveau, que je viens très souvent chez Michèle qui recueille les écrits de treize journalistes éparpillés à Paris, Brest, Lorient ou Marseille.

Cette sacrée Michèle constate que j'ai bien du mal à me livrer au combat. Toutes ces pages me semblent être d'infinies autoroutes de lectures à assimiler, alors parfois je m'endors dans le salon. Pour reposer tous mes petits neurones. Neurones encore bien fatigués, tant l'énergie que je tente en permanence de déployer leur coûte cher.

Michèle a beau me confier des copies de chapitres en cours de conception, quels que soient mes efforts, je n'arrive pas à lire autant de textes. Il me faut penser les lettres pour former des syllabes, puis des mots. Ensuite les comprendre et les mémoriser pour que le fil des mots et des lignes lus ait un sens. Je reconstruis des puzzles.

Face à tout cet univers à reconquérir, l'énergie me manque souvent. Comme elle me manque pendant ces longs moments à vivre seul, en me battant chaque jour pour comprendre le monde dans lequel je vis.

Cet été est ainsi parcouru par de longs moments de doute et d'énervement, tant il m'est difficilement tolérable, que mon cerveau n'aille pas à la vitesse que je lui demande. Tant je suis finalement perdu, largué. Mais le livre sortira sous mon nom grâce à mes amis journalistes et photographes *. Éric Tabarly, dans sa préface, y écrivait :

*. *Les journalistes qui ont participé à cette* Année de la Voile 1996 sont : *Christian Bex, Jean-François Buglet, Patrice Carpentier, Patrick Chapuis, Martin Couturié, Christian Février, Gérard Fusil, Pierre Gins, Éric Horrenberger, Philippe Joubin, Antoine Le Seguillon, Gilles Martin-Raget, Didier Piron, Didier Ravon.*

J'ai eu Thierry comme équipier, et j'ai pu apprécier sa volonté et son amour pour la mer et la compétition. J'espère que le geste généreux de ses amis n'aura pas besoin d'être renouvelé et que l'année prochaine, Thierry reprendra fermement la barre de L'Année de la voile.

Je n'ai pas pu reprendre la barre. Éric Tabarly est mort en pleine mer. Moi je tente de survivre.

CHAPITRE 10

J'ai très mal au dos. Dans le bas du dos. Sans m'en rendre compte, mon goût pour la dégustation des pâtisseries, comme de toute bonne chère, m'a beaucoup alourdi. Comme si, ayant été trop longtemps privé de victuailles, j'avais à me venger et devais entreprendre un combat réparateur. Je n'existe plus vraiment. Je vis comme en sursis. J'ai beaucoup de difficultés à être « comme tout le monde ». N'ayant plus en tête l'idée de pratiquer un sport, comme j'en avais pourtant tant fait avant mon accident, je m'arrondis dangereusement. Et je vais finir par aller voir un médecin, pour que, radios à l'appui, il me propose une solution.

Mais quand il me parle d'opération, de retourner à l'hôpital, je refuse. J'ai déjà donné ma part. Ma tête n'a pas la moindre envie d'y retourner. Mon corps non plus. Le plus drôle, en tout cas le plus bizarre de l'histoire, c'est que je doive me débrouiller tout seul, sans que personne, à défaut de pouvoir, ne veuille m'aider. J'ai pourtant vu toutes les catégories de médecins qui existent.

Mais une fois sorti des hôpitaux de Suresnes et Garches, je n'ai qu'à me prendre en charge tout seul.

En marge de tout ce qui peut m'arriver, je suis, semble-t-il pour les autres, un type vraiment insupportable.

À force de parler, de répéter, de rabâcherer encore et toujours mes problèmes avec Odile, j'insupporte très vite tous ceux qui acceptent de me voir. Ils sont à ma demande, nombreux à prolonger le contact qui commença lorsqu'ils vinrent me voir à l'hôpital.

Mais ils ont vite trouvé « très pénible » ma façon de parler et de répéter comme un vieux schnock mes difficultés financières, la séparation avec ma femme. Et leur énervement était tout aussi lié à ma façon de passer en revue tous les détails de ma vie de couple. Jusqu'aux plus intimes. Me sentant alors incapable de tenir un raisonnement rationnel, ils ont décidé de ne plus me voir. Mon grand cheminement dans la solitude ne faisait alors que commencer.

CHAPITRE 11

Malgré tout, je réussis à vivre. J'apprends beaucoup de choses par cœur. Certains noms me reviennent. Certains événements que j'ai vécus remontent parfois à la surface et disparaissent à nouveau.

Et je puis, je sais enfin que nous avons eu de Gaulle, puis Pompidou avant Giscard et Mitterrand, comme présidents.

Pompidou, il m'a fallu en parler à quelqu'un d'autre, à mon père, je crois, quand nous sommes allés à Beynes, là où à seize et dix-sept ans, j'avais appris à piloter des planeurs. Son nom et son visage, avec la maladie qui l'a fait grossir, me sont alors soudainement revenus en mémoire. J'étais persuadé qu'en me prêtant en permanence à de tels exercices, j'y arriverais plus vite que ne le pronostiquaient les médecins.

Alors, j'ai tout fait pour gagner sur moi-même, avec beaucoup de souffrance et de doute. Avec mes envies, mes désirs de gagner, de récupérer.

Il me faudra attendre cinq ans pour que me vienne l'idée d'écrire ce livre. Il me faudra alors quelques semaines d'un effort solitaire, pour trouver un éditeur et me mettre ensuite au travail. Une forte idée en tête.

J'ai d'abord rencontré l'éditeur de *L'Année de la voile*. On m'a demandé de produire quelques feuillets et qu'après on verrait. Dans la même semaine, je suis allé voir Hugues de Saint-Vincent, le big boss de Mango, l'éditeur de de mon livre sur la Route du Rhum en 94. Je lui ai parlé de mon idée, raconter mon parcours depuis l'accident. En deux temps trois mouvements, il m'a dit oui. Mais il a précisé vouloir le livre pour la fin du mois d'août, afin que le livre paraisse en octobre. J'ignorais alors la pression que cela allait faire peser sur mes épaules.

J'ignorais qu'il me faudrait à nouveau

aller chercher en moi mes propres ressources. Chercher mes souvenirs. Traquer mes impressions. Et surtout, encore et encore, écrire pour ne rien oublier.

J'ignorais aussi qu'il me faudrait apprendre de nouveau l'informatique. Je ne sais plus comment ces appareils se branchent. Alors je paie quelqu'un pour m'aider à comprendre, pour m'aider à dominer l'ordinateur, tout simplement pour savoir m'en servir. Mais là aussi, c'est très difficile. Il faut tout réapprendre, taper sur le clavier, passe encore, mais comprendre comment se servir de l'appareil est une autre paire de manches !

Les épreuves sont nombreuses. Je peux enfin commencer à travailler, tout fonctionne techniquement. Et c'est moi qui bloque. Je n'arrive plus à écrire. Je m'évade ailleurs. Je passe un temps infini à lire, à regarder la télévision. Je m'échappe à nouveau. Je ne suis plus rien. Je n'arrive pas à aligner trois mots. Je ne veux pas chercher à me souvenir.

Il faut dire que je prends de nombreux médicaments. Des calmants, des excitants et tous les autres dont je ne connais même pas les effets. Et puis aussi, depuis quelque temps, je consomme à nouveau de la cocaïne. Cette coke que j'ai prise avant mon coma pour m'aider à écrire au plus vite mes livres, pour me permettre de lier de nombreuses activités, elle me sert aujourd'hui à rester éveillé.

La coke m'aide à exister, à passer des nuits à lire, à transcrire, à comprendre mon nouveau monde. Elle va m'aider aussi à écrire ce livre. Un de mes médecins, psychiatre réputé, me dira qu'en effet, cette drogue a eu de vrais effets sur mes capacités à récupérer mes neurones. À tenter de remettre tout à une place plus logique, pour autant que je le sois aujourd'hui !

Cependant je vais vite arrêter cette consommation. Sur les conseils de mon médecin et surtout parce que j'ai une vraie peur de n'exister que grâce à elle. Ça peut aider, comme on dit. Ça m'a aidé. Mais je n'en veux plus.

Je veux juste parler, réfléchir, écrire normalement. Sans coke. Un vrai combat que je vais gagner.

Chapitre 12

Aujourd'hui, pour savoir, pour comprendre il me faut encore et encore les témoignages de mes copains. Ceux qui ont partagé avec moi quelques aventures. Didier Piron est un de ceux-là. Il vit actuellement à Rennes où il est, entre autres choses, correspondant du journal *L'Équipe*. Et grâce à son témoignage, je recolle quelques morceaux des premiers mois après le coma.

« Thierry a fait le "grand soleil", écrit Didier, en plein désert au guidon de sa KTM. Je suis allé le voir à l'hôpital. Je me souviens de son corps diminué, décharné, et de ce tuyau qui lui permettait de respirer correctement et le reliait à la vie. Autour du lit régnait un profond malaise. D'un côté son frère, de l'autre son épouse Odile, et dans le couloir, Éva, son ancienne amie.

« Ce qui m'a le plus frappé dans cet épisode de résurrection, c'est que Thierry s'exprimait dans un anglais parfait mais était incapable d'aligner trois mots compréhensibles dans sa langue natale ! J'avais la nette impression que sa mémoire – comme le disque dur d'un ordinateur déficient – était branchée sur un courant alternatif. Je lui répétais inlassablement mon prénom qu'il oubliait presque aussitôt.

« Parfois, curieusement, il évoquait des épisodes précis de reportages vécus en commun. Pendant sa convalescence, Thierry passait son temps dans les bistrots de Saint-Germain-des-Prés à raconter son accident à des inconnus. Non seulement il finissait par les lasser, mais, plus grave, il payait l'addition !

« Et c'est ainsi que son banquier s'étonna régulièrement de factures de cartes bleues du style : Bar du George V… 7 000 francs ! Cette attitude me mettait hors de moi ainsi que la plupart de ses amis. Il faut préciser à sa décharge qu'à cette époque, Rannou avait perdu aussi le goût. Il ingurgitait de l'alcool en grande quantité comme s'il buvait du petit-lait et finissait forcément, la plupart du temps, fin saoul, incapable de se souvenir où il habitait.

« Ce qui m'a frappé aussi, c'est qu'il n'avait rien perdu de sa farouche détermination à s'en sortir, de se remettre de ce terrible coup du sort. Bref, d'exister. Sa force de caractère lui a certainement permis d'éviter une vie à jamais végétative. C'est là sa plus belle victoire contre l'adversité.

« Oui, à n'en pas douter, Thierry Rannou est un miraculé. À lui maintenant de ne pas sombrer dans la mélancolie, car il sera très difficile pour lui de retrouver le talent d'écriture, le don plumitif qui lui fit écrire quatorze merveilleux ouvrages sur la mer et les marins. Je reste néanmoins persuadé que Thierry trouvera bientôt une voie qui redonnera un sens nouveau à son existence. »

Lorsque je lis ces lignes, je suis à nouveau très ému. Et je suis d'accord avec Didier Piron : je vais retrouver un sens à ma vie. Grâce aux témoignages de mes amis, j'ai la sensation d'exister de nouveau.

C'est la même impression que je vais avoir en rencontrant Gérard Supau.

Pour lui, j'ai d'abord été un de ces concurrents « fous », qui s'était aventuré dans les milles et une péripéties du Raid Gauloises en Argentine. Pour Gérard, j'étais un journaliste très productif, un aventurier de la voile la plus extrême, puis un batailleur dans la Cordillère des Andes, avant de redevenir le motard qu'il connaissait depuis qu'il couvrait en tant que responsable de la communication de nombreuses courses, telle le Dakar.

Il est venu me voir à l'hôpital, quelques semaines après ma sortie du coma, puis sur la péniche d'Éva où j'écris ce livre au cœur de Paris. Car, sans que ce soit un ami intime, cela fait des années que nous nous croisons sur les grands événements, les aventures de la voile, du Raid Gauloises ou de la moto.

Gérard va m'aider à me souvenir. Il va me donner des images et ses impressions. Il va reconstituer un petit bout de mémoire, et puis aussi me raconter mon accident.

« Ta moto n'était pas à ta main. Tu la trouvais trop puissante, tu n'arrivais pas à bien la sentir. Comme si elle était à tes yeux trop véloce pour aborder le désert avec la confiance qui était en toi les années précédentes. Tu disais la découvrir au fil des kilomètres parcourus. On n'a pas eu beaucoup de contact, car j'étais très pris, avec toute mon équipe à gérer. Mais je me souviens que dans la nuit qui a précédé ton accident, tu es revenu nous voir au "PC. Vidéo". Comme les deux jours précédents où tu téléphonais, tu es venu nous voir une bonne demi-heure. On n'a pas pu avoir beaucoup de contacts, mais je me souviens que tu étais fatigué. Comme si ce que je t'avais vu faire en Argentine t'avait enlevé trop de forces, de capacité de concentration, pour que tu retrouves le niveau de moto que tu avais un an plus tôt. »

Gérard reprend très calmement la parole : « L'équipe médicale qui t'a récupéré dix minutes après ton accident a sur-le-champ eu très peu d'espoir de te sauver de la mort. C'était juste après que l'hélicoptère t'a ramené de la dune où a eu lieu l'accident à l'arrivée de l'étape. On a attendu pour se faire une idée de la gravité de l'accident, de ton coma. Sur tout le tarmac, on a tout de suite tous été très vite consternés en parlant de toi. Tous tes copains journalistes, comme tous les toubibs, étaient très inquiets et pensaient que tu n'arriverais jamais à t'en sortir. Un coma 3 aussi violent et ton état à ce moment précis ne pouvaient que laisser place à l'angoisse. »

Pour que j'accède à ce moment de ma vie que je ne connais pas – et dont, selon l'avis médical, je n'aurai jamais de souvenir –, Gérard poursuit son récit avec la générosité simple du type qui veut en aider un autre : « Tu es resté de longues heures sous la tente médicale. C'était le black-out total. Et toi qui me disais la veille "être en train de découvrir une nouvelle moto", tu étais là, plus proche de la mort que de la vie. C'était pour tous assez dur à vivre. »

D'autant qu'après de longues conversations, les médecins vont réunir leurs avis et prendre une décision : « Rannou est trop blessé, vu la gravité de son accident, la profondeur de son coma, son état, on ne peut pas l'emmener à Paris. Il part ce soir à l'hôpital de Madère. Ils vont lui prodiguer les premiers soins d'urgence, et ensuite on le fera rapatrier à Paris. »

Ce sacré Supau me confirme ce que Gérard et Amélie Fusil m'ont déjà dit :

« Tu appelais les hélicoptères des camions. C'était marrant, je suis venu te voir une fois à l'hôpital Foch de Suresnes, que tu prenais pour ton bureau !

« Tu faisais des commentaires sur le personnel médical. Ce qui était surprenant vu le séducteur, le type que tu étais dans ta vie d'avant le coma, tu ne trouvais pas les secrétaires très sympas ! »

Et, toujours étonné de réaliser combien j'ai pu changer, Gérard poursuit :

« Toi qui n'arrêtais pas de bouger avant ton coma, là, à l'hôpital, tu étais calme et posé. Tu aimais nous parler. Tu étais quelqu'un de nouveau, déconcertant, mais sympa à voir. »

Il est très important pour moi de savoir comment j'étais après le coma. Je vous l'ai dit. Je n'ai aucun souvenir de ces moments-là. Et même lorsque l'on me raconte, j'oublie certaines choses. Gérard Supau a réussi à me raconter les circonstances de mon accident. Au moins, il me reste ça. C'est important de savoir. C'est nécessaire pour tenter de vivre.

Mais ces moments-là ne sont plus à moi. Je me sens parfois étranger à moi-même. Éloigné de ma réalité d'avant le coma. Je souffre. Mais il me faut continuer à avancer dans une quête presque impossible. On m'a souvent dit qu'avant le coma, j'étais têtu, parfois même pénible, mais aussi que j'avais une volonté extraordinaire.

Cette volonté n'est pas partie avec mon

accident. Elle est là, ancrée en moi. Elle explose parfois dangereusement pour mon entourage. Mais elle me fait tenir debout et je sais que grâce à ce trait de caractère intact, je vais m'en sortir et pouvoir vivre, travailler et être un père pour mes enfants.

Chapitre 13

Étrange. Les destinées de nos vies se sont souvent croisées, mêlées. Nos destins, autant que les lieux où nous sommes allés les vivre, se sont toujours rapprochés. Marc Pajot, le grand navigateur, est là. Et nous parlons comme deux copains qui ne se sont pas vus depuis quelque temps. Mais pas depuis longtemps. Nous voici, tout simples, comme deux types qui se retrouvent. Avec leurs différences. Et leurs passions communes.

En fait, Marc est déjà venu me voir plusieurs fois. Je ne me souviens pas très bien de nos premiers entretiens. Ce devait être au milieu du mois de février, à peine six semaines après mon coma, quand je n'étais pas dans l'état dans lequel je suis aujourd'hui.

J'avais une si terrible envie de quitter l'hôpital, que les visites des amis et des copains avaient une valeur rare.

À croire que plus je me déplaçais dans l'immeuble, plus je changeais d'étage ou plus je rencontrais le personnel médical, et plus cette bande de médecins avait envie de me garder ici. Pourtant je les aimais bien. Je crois pourtant être quelqu'un d'assez doux. Et puis j'ai déjà vécu beaucoup de choses avec les médecins quand j'étais photographe. Mais plus je croyais aller mieux, et plus ils voulaient me garder. Dans cette petite chambre où je vivais tout seul.

La venue de Marc, avec tout ce qu'elle symbolisait pour moi, tant nous nous étions côtoyés depuis des années, a eu beaucoup de valeur pour moi.

En fait, Marc Pajot est venu me voir à l'hôpital dès mon arrivée :

« J'étais dans ta chambre, cinq à huit jours après ton retour à Paris. Tu venais d'arriver de Madère, là où on t'avait gardé pendant six jours, le temps de ton premier séjour aux mains des médecins. Là, à Suresnes, tu étais dans une chambre spéciale, au sous-sol, allongé sur un lit aquatique, afin que ton nouveau monde bouge, que ton corps ne prenne pas d'ampoules, et que tu vives dans un univers mouvant. Avant de rentrer dans ta chambre, on m'a mis un masque sur la bouche afin de que je puisse m'approcher de toi sans laisser de microbes dans ce qui était ton nouvel univers. On m'a dit de te toucher sur ton lit. Tu semblais dormir profondément. Comme si rien ne pouvait te troubler. Tu étais dans un autre monde. Tu étais comme mort, sauf que tu respirais. »

Marc poursuit son propos, et me remet en même temps en tête la chronologie des événements :

« C'était un mois plus tard. Une seconde visite qui n'avait rien à voir avec la première. Là, au début du mois de mars, tu étais seul dans une chambre toute blanche, et déjà tu allais te balader dans les couloirs. Je suis venu avec Liliane Fretté, que tu connaissais depuis longtemps, depuis 1992 où elle travaillait comme toi sur la Coupe de l'America quand on naviguait sur le *Ville de Paris*. Tu nous a emmenés nous asseoir tous les trois dans un petit salon, comme si tu te sentais prisonnier à force de rester tout le temps dans ta chambre. À te voir, à t'écouter, en cherchant à mettre un sens approprié aux longues phrases que tu prononçais, qui n'allaient pas toujours ensemble, les unes à la suite des autres. Je me suis alors aperçu que c'était la première fois que je découvrais le cas du coma de quelqu'un que j'avais connu dans une première vie, et que je redécouvrais dans une nouvelle. »

Marc Pajot était troublé : « À te voir comme ça, quelle que soit ma formation de sportif, de technicien maritime, je n'avais aucune connaissance médicale. Et je ne voyais pas comment, arrivé dans un tel état avec tant de neurones endormis, tu pourrais jamais t'en sortir. »

Choqué, inquiet pour son pote Rannou, Marc va alors tenter d'en savoir plus, en parlant de mon cas à des médecins, à son entourage :

« Ils me disaient deux choses. L'une et son contraire. Je voulais savoir comment on pouvait ou non évoluer après un tel accident, un tel coma.

« Je pensais parfois que tu ne t'en sortirais jamais. Quand j'allais te voir à l'hôpital, c'était par compassion, j'avais envie de t'aider. Mais je savais que je ne te serais pas d'un très grand secours pour te sortir des graves conséquences d'un tel coma.

« Mais parfois je pensais le contraire. Tu t'en sortirais. Il y a toujours une chance de se remettre d'un coma aussi grave, même aussi profond. Tant de paramètres liés à ce qu'est la personne avant l'accident peuvent influencer la façon dont il s'en sortira.

« J'étais moi-même partagé entre ces deux sentiments. C'est pourquoi je suis venu te voir huit ou dix fois, car c'était fou de te voir évoluer au fil des jours. Sur la fin, tu plaisantais avec les infirmières, en les chambrant, les blaguant en te tournant toi-même en dérision. Tu leur disais : “Je suis un mec fini, trop cassé pour sortir, alors c’est sympa de s’occuper de moi.” C’était étrange de t’entendre leur parler avec tant de sincérité, comme un homme blessé, qui parfois acceptait ce qui le rebutait tant à d’autres moments. Mais je crois que sur le fond, tu étais prêt à faire n’importe quoi pour te sortir de cet hôpital. »

Au fil de ses visites, Marc a vu Odile, qu’il connaissait depuis que nous étions allés, avec Hugo, à San Diego, pour la Coupe de l’America 1995 quand je travaillais pour *RTL*, *Info Matin*, *VSD* et écrivait *L’Année de la Voile 95*.

« Odile était dévouée. Elle recherchait tout ce qu’il fallait faire pour que tu progresses le mieux et le plus rapidement possible. Elle était contente que nous soyons plusieurs à venir te voir, t’écouter, te parler. Contente que notre présence t’aide à revenir dans le monde “ normal ”, en dehors du strict cadre hospitalier. Elle attendait votre deuxième enfant et avait le petit Hugo, seule avec lui à la maison. Pendant la journée une femme le gardait, mais elle travaillait aussi, et pourtant elle venait te voir presque tous les jours. C'était très dur pour elle. Mais elle était, comme je l'avais connue, une femme très forte. »

Marc a aussi vu mon père à l'hôpital. Un monsieur très discret, à l'évidence très touché par ce qui venait d'arriver à son fils aîné. Il ne parlait guère aux visiteurs du jour, mais semblait tout simplement heureux que l'on s'occupe ainsi de moi. « C'était un monsieur, qui, tout ancien mécanicien naviguant qu'il ait été, était profondément touché par ton accident. Il ne savait certes pas où tu irais, comment tu t'en sortirais, mais tu n'étais pas mort, plus dans le coma. Et cela le rassurait. »

Ayant à se battre pour se remettre de l'échec de sa Coupe de l'America 95, Marc Pajot, au caractère si particulier, a bien du mérite. Quand il venait à l'hôpital, apparaissait un Pajot tendre et généreux, loin de l'impression de dureté qu'il dégage parfois lorsqu'on ne le connaît pas.

Et Marc de conclure ce long entretien :

« Sur la fin de ton séjour à l'hôpital, je suis moins allé te voir. Tu parlais encore avec des bribes de souvenirs, de diverses discussions dont tu te rappelais. Dans ta tête, rien n'était complètement construit. Tu allais bien mieux, et puis de nombreuses personnes venaient te rendre visite. Certains venaient, comme pour se donner bonne conscience, pour aller voir le "spécimen Rannou" ».

« Je veux aussi te raconter la peur que tu m'as faite lorsque tu es remonté sur un vélo. Tu donnais l'impression d'être un enfant qui découvre le deux-roues. Sans avoir la stabilité, tu recherchais pourtant la vitesse. J'avais vraiment peur pour toi. »

Ce que raconte Marc me permet de me souvenir subitement d'un moment passé avec lui.

Nous sommes à La Baule, le long de l'avenue qui longe l'océan Atlantique que je connais si bien. Voici des années que je viens ici, chez Marc et Corinne Pajot. Pour photographier les bateaux, interviewer Marc, ou encore pour discuter des livres que j'ai écrits pour lui, lors de ces deux premières de la Coupe de l'America en 1987 et 1992 ou tout simplement pour passer un moment ensemble, à parler de la voile qui nous passionne tant. Mais aujourd'hui tout est différent.

Il y a à peine deux mois, Marc ne me voyait qu'à ce sacré hôpital Foch de Suresnes où je suis resté ces dix longues semaines. Ensuite, il est venu me voir une fois à Versailles, là où nous venions d'emménager avec Odile et Hugo, afin d'avoir un appartement plus grand, pour l'arrivée de notre nouveau bébé.

Marc me revoit en train de sauter sur la plage, de jouer au *Beach Volley*. « Tu étais maladroit, mais tu jouais avec une volonté folle, comme à ton habitude. Mais tu avais un perpétuel problème d'équilibre. Ça te faisait rater plein de coups, mais tu ne t'en apercevais pas. Tu étais si heureux d'être là, dans la nature, parmi nous, que rien ne semblait pouvoir t'accabler. »

Le lendemain, nous avons fait une petite croisière, à bord d'un voilier à l'allure ancienne, mais fort de son temps. Marc est à la barre, Corinne s'occupe des voiles, et leur gamin, Nelson, âgé de cinq ans, se laisse aller comme moi au plaisir de fendre les flots sur une mer toute plate. Toute belle. Je suis juste bien.

Le jour suivant, je reprends la mer avec Marc, mais cette fois-ci, sur un léger catamaran *Hobbie Cat*. De la plage, nous mettons le cap vers les îles des Evens. À peine partis, Marc me laisse la barre. Il est surpris : « Comme d'habitude, tu barrais bien. C'était un instinct qui se réveillait en toi. Pourtant tout n'était pas facile avec toi, car tu avais un énorme côté "moi je". Comme si par ta façon d'être, tu nous disais : "Moi, je suis un grand malade, vous devez m'écouter." Mais en même temps tu n'imaginais pas que l'on s'occupe de toi. Non, il fallait juste t'écouter. »

Marc poursuit alors son propos, pour m'expliquer en quoi cette attitude a certainement éloigné des gens de moi : « Ces quatre jours se sont terminés poliment, mais par ta façon si particulière d'être, tu avais usé un ami. Et tu en as usé beaucoup. Tu sous-estimes le nombre d'amis, ou même de simples relations, qui ont ainsi été fatigués par ta façon de revenir du coma.

« Avec cette manière de ne te rattacher qu'à ton passé pour exister, tu donnais l'impression de ne pas vouloir te tourner vers l'avenir », me dit encore Marc Pajot. « Après ton retour à Versailles, juste avant et après la naissance de ta fille, on s'est revus. Nous avions alors des échanges assez vifs. Alors que l'on se voyait assez peu, j'avais décidé d'être moins tolérant lors de nos rapports. »

En parlant ainsi, Marc me force à me regarder en face mes difficultés. Il pointe mes difficultés Surtout celles de mes relations avec les autres.

Oui, je les fatigue. Oui, je les use. Mais je n'ai que mon flot de paroles à quoi me raccrocher, j'ai tellement d'angoisses de ne pas m'exprimer correctement. J'ai aussi ma fierté. Et elle est mise à mal. Mais je m'en sortirai.

Chapitre 14

« Je pense que ton accident nous a rapprochés. »

Telles sont les premières paroles de Rémy Pelletier alors qu'il vient juste d'arriver sur le quai qui longe la péniche sur laquelle je vis. À peine a-t-il éteint le moteur de son petit scooter, que Rémy m'aborde comme un vieux pote. Nous nous connaissons pourtant très peu. Mais il est là pour me parler des suites et des effets, de mon « accident comateux ».

Nous voici, finalement, maintenant ensemble à cause d'un terrible accident de moto. Tous deux journalistes, c'est le monde de la voile qui nous a réunis, nous y avions passé tant d'années.

Fils de Monique Pelletier, qui fut ministre de la Jeunesse et de la Santé sous Giscard d'Estaing, Rémy a une belle gueule. Que ce soit en reportage ou ici, à Paris, il ne se rase jamais de près. Comme s'il s'agissait de toujours montrer sa différence, d'affirmer son appartenance à un monde dont les auditeurs et les téléspectateurs rêvent. Il travaille depuis longtemps pour TF1.

Sa vie n'est pourtant pas aussi facile à vivre que son apparence extérieure peut le laisser imaginer : « Quand j'avais quinze ans, ma vie a changé dans un univers difficile à vivre. Tout a basculé quand mon père a été frappé d'une maladie qui l'a rendu hémiplégique et aphasique. Il est soudainement devenu incapable d'ouvrir un œil ou de bouger un orteil de la partie droite de son corps. »

Avec un calme total, et une assurance qui ne saurait pour autant cacher son émotion, Rémy parle avec douceur et détermination.

Il tient des propos, qui tout d'un coup font oublier son côté séducteur.

« Voilà pourquoi je suis venu te voir. Par sensibilité. Parce que j'ai une raison très personnelle d'être presque intimement concerné par les gens qui ont un accident, un coma, comme le tien. »

Rémy est venu me voir le même jour que Gérard Supau. Lui aussi en garçon amical et sincère.

Rémy ajoute, comme une confidence :

« Je suis venu te voir à l'hôpital, sans que cela soit pourtant très évident. À cause de mon histoire familiale, même si je ne te connaissais pas très bien. »

Devant mon regard tout simplement amical qui le remercie, il ajoute :

« Au moins, cela nous aura permis de commencer à nous découvrir. »

Nous nous sommes connus au Canada. À Québec. Au bord du fleuve Saint-Laurent où nous travaillions alors comme journalistes.

Mais avec ma trentaine tout juste dépassée, j'étais déjà un « mûr » pour ce tout jeune journaliste qui commençait à s'adonner aux plaisirs du métier de reporter.

Au service de TF1, où il venait juste de rentrer, Rémy était venu commenter le départ de la course à la voile, entre Québec et Saint-Malo, mais ne connaissait pas grand-chose aux mille et un détails techniques qui lui permettraient de bien assurer son tout nouveau métier.

Aussi, quand il apprit qu'une latte de grand-voile venait de se briser sur *Primagaz*, il était quelque peu démuni. Livrer un sujet bref et complet, pour le journal de 20 heures, était bien périlleux pour un débutant. Comment, en à peine plus d'une minute, raconter ce début de course soudainement rendu difficile pour Laurent Bourgnon et son équipage ? Rémy n'en savait rien.

Aussi est-il venu me voir. En se disant tout simplement qu'un confrère avec deux Cap Horn dans son sillage, auteur de tant de livres écrits sur la voile, devait bien en savoir assez pour l'aider à faire au mieux son boulot !

Dans la rue, juste à côté de notre hôtel, j'ai ramassé une branche dans le gazon, une branche tombée du grand arbre, et, devant la caméra, je l'ai tordue d'un côté et de l'autre, expliquant qu'ainsi la grand-voile se déformait à chaque virement de bord. Jusqu'à ce qu'un mouvement plus brusque casse la branchette en deux. En deux mots, je parlai à son micro :

« Voilà comment, à force de virer de bord pour descendre le fleuve aussi vite que possible, la matière a rendu l'âme en se cassant en deux. » Pour Rémy, c'était simple et logique. Il ne lui restait plus qu'à dire un dernier mot, clore son sujet et rendre l'antenne.

Tant de contacts, de petits services cordialement rendus entre confrères, permettent de nous aider, de nous apporter des informations, et donc des forces pour bien réaliser notre travail. C'est ainsi que Rémy m'a connu. D'autres rencontres, au fil des événements nautiques, nous ont permis de davantage nous connaître. C'est avec cette image de moi que Rémy est donc venu me voir à l'hôpital Foch de Suresnes.

« Dès le début de notre rencontre, tu avais tendance à te répéter. Tu parlais très très vite. Ton discours sonnait comme un patchwork. On entendait des phrases qui avaient un sens, et puis tout d'un coup la dernière n'avait aucun lien avec la précédente. Alors, sans t'interrompre, tu poursuivais ton propos sans du tout te demander ce que nous avions bien pu comprendre. Pour toi il n'y avait aucun problème, tu vivais ces rencontres comme si tu étais toujours le journaliste d'antan, que nous connaissions et appréciions car tu étais sur tous les coups. »

Rémy était forcément étonné par mon comportement, celui qui, fort de son assurance, semble ne douter de rien.

« Soudainement tu te mettais à nous parler en anglais, comme s'il te semblait naturel que nous nous mettions, nous aussi, à nous exprimer dans la même langue. Tu ne t'en rendais pas compte. Et puis tout d'un coup tu reprenais le français. Et hop ! Tu nous traduisais soudainement les textes de chansons des Beatles ou d'un autre groupe. Comme pour montrer que posséder ainsi les deux langues était une grande fierté pour toi. »

Se concentrant quelques instants, pour à nouveau remonter cinq ans et demi plus tôt, Rémy va m'expliquer un autre volet de nos rencontres d'alors.

« Tu avais une incroyable propension à tout centrer sur toi ! Tu nous racontais ta vie, ton passé. Notamment, en faisant plusieurs fois référence à tes bouquins, et à cette *Année de la Voile* qui était quelque chose d'emblématique pour toi. En prenant alors un court moment la parole, je te donnais raison. Car depuis des années j'utilisais chaque édition de ce livre que tu m'envoyais, pour mon travail. Il y avait une différence de ton entre tes textes d'avant le coma, et celui de l'édition 96, que les autres journalistes avaient écrit pour toi, mais on retrouvait la même gentillesse, la même sincérité. »

D'entendre parler Rémy Pelletier m'a vraiment beaucoup touché. Je retrouvais mon existence d'avant le coma. J'étais un peu fier de moi. Je découvrais par ses paroles ce que je ressentais chaque jour un peu plus. Avant mon accident, j'étais « quelqu'un ». Un vrai journaliste, un vrai aventurier. J'étais donc apprécié, écouté !

« Lors de mes visites, tu étais souvent dans le couloir quand j'arrivais, car tu avais besoin de marcher, de voir d'autres têtes que celles des autres malades. Mais dès mon arrivée, tu allais dans ta chambre, pour que l'on se rencontre au calme, juste tous les deux, ou avec un autre copain venu te voir. »

En fait, au fil des visites, lorsque les semaines passaient, je me suis senti prisonnier de l'hôpital, je voulais me recréer un univers bien à moi, un univers de liberté.

Rémy, comme d'autres confrères ou relations, avait le souvenir de qui j'étais avant le coma. Leur parler m'a permis de me retrouver.

« J'étais comme toi à San Diego en 1992 et 1995, mais moi j'y passais peu de temps. Tu m'as raconté certaines de tes aventures passionnantes. Tes Cap Horn avec Tabarly, mais surtout ta traversée du Pacifique avec cet équipage de marins soviétiques, des gens simples et généreux, mais qui fut une sacrée épopée. Sur le *Fazisi*, tu t'étais construit une aventure, un reportage comme rarement on peut en faire. »

Rémy m'aide à retrouver qui j'étais avant mon coma, avec mes forces et mes faiblesses, alors que je cherche à faire le tour de moi-même en préférant écouter les critiques constructives, n'avoir que des mots gentils « parce qu'il faut être cool avec un ancien comateux. »

Il poursuit en commençant par ces mots qui me touchent droit au cœur : « Sur le plan professionnel, tu avais une vraie plume. Tu la laissais parler. C'était intéressant, riche de sensations, bien écrit. Lire du Rannou, c'était instructif, sans être écrit pour les initiés. Tu écrivais bien. »

Et Rémy de conclure :

« Tu n'étais pas forcément gentil avec tout le monde, car tu avais un langage vérité. »

Chapitre 15

Les propos de mes amis, Gérard Supau, Marc Pajot ou Rémy Pelletier, mettent en évidence un très fort problème de mon après-coma.

Ils me disent que j'étais alors si difficile à suivre, que j'en demandais beaucoup, que je les fatiguais. Tout ce qu'ils racontent met en valeur la différence entre la façon dont je ressens les choses et mes attitudes dans ma nouvelle vie.

L'image que les gens ont de moi ne correspond pas à ce je pense être.

Je veux me réinsérer dans la société.

Je marche, je me lève, je m'assois et je discute. Je lis les mêmes journaux que mes voisins. Alors, en quoi serais-je donc différent des autres qui m'entourent ? Je crois que j'apparais comme un type normal. Je m'en persuade souvent. Mais lorsque mes amis me disent, que non, ce n'est pas encore ça, que le coma me rattrape de temps en temps, que mes capacités ne sont pas toutes revenues, je suis extrêmement malheureux. Ce « putain de coma » me joue des tours.

Je me bats contre lui et parfois, c'est encore lui qui gagne. Alors, je dissimule, je fais semblant auprès de mon entourage...

Ils ne savent pas que je ne peux pas lire toute la presse que j'achète, que j'en suis encore à lire les titres et sous-titres pour savoir de quoi on va parler au fil des lignes, que je ne sais plus qui est qui à la tête de quel pays. Ils ne savent pas que je mène un combat permanent, pour retrouver l'allure, le comportement que j'avais avant. Pour être à nouveau celui que je crois avoir été.

Face à tous ces problèmes, ce terrible match que j'ai à mener avec la vie, je fais à leurs yeux, trop de références au passé. Mais moi, pour retrouver un présent, me construire un avenir, je dois revisiter tout mon passé.

Chapitre 16

Seule la solitude m'est difficile à vivre. Non pas qu'aujourd'hui j'aie peur d'être seul. Après tout, n'ai-je déjà pas vécu de grands moments, en étant éloigné des autres ? Il m'est arrivé de prendre des distances avec celles ou ceux avec qui j'avais vécu mes plus belles aventures. Que ce soit en courant autour du monde à la voile, ou en franchissant les dunes du désert en moto.

Oui, j'ai aimé passer de longs moments, assis sur le balcon avant de *Côte d'Or*, alors que nous étions dix-huit à bord, à chevaucher l'océan Indien puis le Pacifique. Oui, il m'est arrivé de couper le moteur de ma moto, pour rester quelques précieuses et longues minutes, à l'arrêt, dans un coin du désert du Maroc ou de Mauritanie. Dans toutes ces circonstances d'une vie que j'ai toujours voulue extrême, pour en goûter les plus fortes et merveilleuses sensations, j'ai dû accepter de vivre différemment des autres. Mais toujours je revenais vers eux.

J'avais alors toujours dans mon cœur et mon âme des histoires à leur raconter. Que ce soit à la radio, dans la presse quotidienne ou hebdomadaire. Sous forme de photos, lorsque durant quatre ans, j'étais photographe à l'agence Gamma, ou de livres que je signais, après avoir tellement travaillé, pour leur donner une forme digne des émotions que j'avais ressenties ou dont j'avais été témoin. Au fil des mes aventures autour de la planète, je crois avoir toujours beaucoup pensé aux autres. Et voilà que je n'existe plus.

Plus personne ne vient me voir, ne m'invite à fêter tel ou tel événement. Même s'il appartient à l'un des mondes parmi lesquels j'ai été reconnu. Que ce soit celui de la voile ou de la moto. Que j'aille me faire foutre, avec mes deux Cap Horn dans mon sillage, ou mes dizaines de pays visités au fil des continents ! Je ne suis plus rentable. Je ne produis plus rien. Donc je ne vaux rien. D'autant que je suis censé ne plus rien produire, ne plus travailler de ma vie. Mon assurance me verse chaque trimestre une pension d'invalidité. Si je travaille de nouveau, on me la supprimerait.

Pourtant, au fil des mois, après avoir existé comme un « sacré aventurier » et un « putain de journaliste », ils sont nombreux à être venus me voir. Ce putain de Thierry Rannou est revenu parmi nous ! Dans le monde réel. Parmi les gens normaux.

À ce moment, après avoir encore eu un certain goût à me revoir dans le monde, exister dans la communauté qui était la nôtre, ceux qui m'avaient vu me déplacer, bouger auraient pu penser que je re-vivais après ce coma. J'avais bien l'air d'être un homme réel. Sauf qu'en plus de cette allure, qui ne laissait en rien deviner que je revenais d'un voyage aux frontières de la mort, j'ai continué à leur « casser les couilles » en ne cessant de poser des questions sur tout.

Tout m'intéressait. Le nom des gens, des villes, des fleuves et des animaux. Rien ne semblait pouvoir m'arrêter. Et en plus, je n'arrêtais pas d'aller vers les autres – mêmes ceux qui ne me connaissaient pas, que je ne faisais que croiser dans la rue ou dans le train entre Versailles et la gare Saint-Lazare. Je leur parlais de mon accident, et du terrible mode de vie qu'il me fallait depuis affronter. Je parlais de mes enfants, de mes reportages, de mes livres… tout y passait. Comme s'il me fallait leur livrer tout d'un coup mille et un détails de ma vie sans que je me préoccupe de ce qu'ils pouvaient bien en avoir à faire. Je les fixais dans les yeux, les prenant presque en otage de mon existence, et je ne les laissais partir, qu'avec le sourire sur ma bouille. Je leur demandais leur nom, là où ils habitaient, avec qui ils vivaient… comme un détective en train de mener une enquête sur leur vie. Sur ma vie.

C'est sans doute en agissant comme cela que j'ai récupéré plus vite que ne le croyaient les médecins. Tout le corps médical qui, d'hôpital en hôpital, de soins mentaux en opérations physiques, m'a vu revenir de ce coma. Rien ne laissait présager, que jamais, je ne puisse redevenir « un type normal », « un mec comme les autres ». Et je sais aussi, au moment où je tape ces lignes sur mon ordinateur, qu'il me faudra encore du temps – beaucoup de temps, en plus des efforts quotidiens – pour retrouver un large vocabulaire, une vraie culture. Pour tenter de redevenir l'homme cultivé qui méritait bien le respect que l'on doit à ceux qui travaillent fort, haut et bien.

Je veux aussi parler des autres. Vu la façon dont je suis sorti de mon coma, je veux, je dois, parler des journalistes. Les rencontres, les échanges, voilà ce qui, je crois fait la richesse de nos existences. Il faut savoir reconnaître le talent des autres, estimer leur valeur. Et alors, il faut savoir les remercier de nous donner, nous offrir l'étendue de leur culture, leur sens de l'existence.

Réapprendre à lire a été – et demeure pour avoir de nouveau le plus vaste vocabulaire possible – une des grandes difficultés de ma seconde vie. Mais si lire les articles sur la voile dans le journal *L'Équipe* ressemble à un triomphe « post-comatique », arriver à lire les autres n'a pas été chose aisée, surtout lorsque je cherchais vraiment à comprendre, à cerner les propos des meilleurs auteurs. Et je dois vous dire que lire la dernière page de *Libé* signée Luc Le Vaillant a été, et demeure une sacrée entreprise ! Il faut cerner la richesse de son vocabulaire, pénétrer le sens de ses phrases, au style si compliqué et fort à la fois.

Pour moi, il n'y a pas que le sens des mots à comprendre, déjà si complexes à cerner chez Luc Le Vaillant. Il me faut aussi en cerner le rythme, comprendre, saisir pourquoi les verbes se baladent ici et là, et se conjuguent de telle ou telle façon. Je me souviens même qu'à la fin de la lecture d'un long portrait de Wolinski, en dernière page de *Libération*, j'ai téléphoné au journal, pour bien percer le sens de telle ou telle des phrases écrites dans l'article.

Cette recherche du savoir, cette quête de culture, remonte au printemps 2001. Elle n'est pas finie. Car je veux que mes enfants, ce sacré Hugo et la jolie Maud, aient un papa cultivé, qui leur parle bien. Car alors, je saurai les comprendre. Le futur de mes enfants est au centre de mes préoccupations. Hugo et Maud comptent en permanence pour le père que je suis.

Au dire de certains, je ne devrais rien écrire de trop personnel. Ils pensent même, que je devrais me taire. Ou si je parle, que j'écris, faire le plus attention du monde à ce que je raconte.

Et voilà ce que je suis aujourd'hui, un type tout seul. Énervé de ne plus rien produire, devant accepter de ne jamais plus rien créer, de ne plus rien écrire, sous peine de perdre mon assurance, qui me verse chaque mois une pension alors que dans ma vie passée je mettais tant de passion et tant de hargne à travailler, à faire mon métier. Et me voici, désireux d'écrire un livre, dont, bêtement, je voudrais qu'il soit le plus beau. Le plus fort. Qu'il serve aux autres. Comme si, et c'est ce que je crois en mon for intérieur, j'avais vécu un voyage aussi proche de la mort et je m'en étais sorti. Je me sens capable de faire partager les sensations, les états d'âme que ce coup du sort m'a fait éprouver. Mais aussi les enseignements que j'en ai tirés.

Alors oui, il est difficile à vivre de devoir réapprendre à lire, de devoir réapprendre le nom des acteurs autant que des écrivains, des plantes et de tous les détails géographiques ou politiques du monde, mais je l'ai accepté. Je veux juste confier que batailler pour redevenir quelqu'un de « normal », et être en même temps rejeté par les règles de notre société, n'est pas facile à vivre. J'en souffre. J'en bave.

Mais je me crois fort d'avoir vécu tellement d'épisodes dramatiques à travers le monde pour relativiser : les camps de réfugiés cambodgiens, alors que, jeune reporter, je n'avais que vingt et un ans. Au Soudan, en Éthiopie, ou au sud du Tchad, lorsque j'étais photographe, j'avais dû trouver la force de tenter de comprendre les problèmes dramatiques de ces pays. J'ai essayé d'accepter la mort de ma mère.

Penser que j'ai décidé de faire ce cinquième Paris-Dakar, qui sera celui de mon coma, dans l'unique but de gagner de l'argent, me rend fou. Si peu de personnes me comprennent. Oui, j'avais soif d'aller batailler. Oui, j'avais la mine du type convaincu et motivé. Oui, j'avais l'air combatif, au moment d'enfourcher ma moto. Mais au fond de moi, tout était différent. Sinon, pourquoi aurais-je dit au milieu du Paris-Dakar 95 que ce serait le dernier, car j'avais un bébé, Hugo, un fils de deux mois ?

Jacques, un médecin de ce Dakar 95, rallye qui compta parmi les trois plus durs de l'histoire de l'épreuve, se souvient.

Nous nous sommes par hasard, revus en Guadeloupe, à l'arrivée de la Route du Rhum 1998. Il se promenait aux côtés de sa femme, avec leur petit garçon d'à peine deux ans. Il m'a dit ces quelques mots :

« J'ai été très surpris de te voir au départ du Dakar 96. Je me souvenais de nos discussions, le soir au bivouac où tu aimais venir nous retrouver, comme pour te retisser un monde à toi, aux côtés de gens qui t'étaient proches, durant le Rallye de 95. Tu m'avais dit avoir un fils, Hugo, et que ce Dakar était le dernier. Comme nouveau père de famille, tu ne voulais plus prendre de tels risques. Aussi, alors que tu avais fini 21e de ce Dakar 95, je n'ai vraiment pas compris pourquoi tu te lançais à nouveau dans l'aventure en 1996. »

Jacques pose alors sa voix, et me dit, comme une confidence : « Alors, quand j'ai su que tu étais tombé aussi fort, aussi mal, alors que je n'y travaillais plus, j'ai téléphoné pour avoir de tes nouvelles. J'ai su d'emblée que c'était grave, très grave. Un profond coma 3, dont on ne savait vraiment pas combien de temps il te faudrait pour t'en sortir, et dans quel état tu reviendrais à la vie normale. »

Alors, avec le sourire d'un ami qui voit un très bon copain revenir de loin, Jacques m'a pris dans ses bras et, sentant sans doute ce qui comptait pour moi, et combien j'étais blessé de ne plus vivre avec mes enfants, nous nous sommes occupés de son petit garçon. Comme si ma vie était redevenue naturelle parmi les autres.

Chapitre 17

Et puis, il y a les souvenirs qui reviennent peu à peu.

Autant que mon cerveau « post-comateux » veuille bien m'en laisser le loisir, je me souviens un peu d'avoir suivi des Khmers Serai qui partaient batailler contre des Khmers Rouges, en 1980. Quelques photos ramenées de là-bas, diffusées alors à l'agence Sipa, m'avaient permis d'obtenir mes premiers galons de « grand reporter ».

Je me suis aussi mis à me souvenir du Soudan d'où, jusqu'en Éthiopie, j'étais parti avec *Médecins Sans Frontières*, pour finir, un jour, par prendre des photos d'une colonne de réfugiés d'au moins six kilomètres de long.

Le temps et les conversations avec mes amis m'ont aussi fait me remémorer un long reportage au sud du Tchad, lorsque j'étais reporter et photographe à l'agence Gamma. Avec beaucoup d'efforts, je me suis souvenu que lors d'un de ces grands reportages, une nuit, au lieu de continuer à photographier, j'avais appris en quelques minutes à poser des perfusions à des bébés, âgés de un à dix mois. Nous les allongions alors en longues files, sous l'abri d'une tente de réfugiés.

Je commence à me souvenir.

Chapitre 18

Bien sûr je dois tout réapprendre : lire, écrire, parler en bon français, mais il me faut aussi réapprendre à manger.

Non pas à avaler les aliments. Mais à les goûter, à en apprécier les saveurs. Non seulement il me faut retrouver, et mémoriser les noms des variétés de fruits et légumes vendus au marché, mais aussi ceux des viandes ou le nom des divers poissons.

Le dénominateur commun de ce défi est de devoir retrouver le goût. Où est donc l'homme qui aimait préparer à manger à ses amis ? J'aimais qu'ils viennent dîner chez Odile et moi, rue de l'Occident, juste là où, deux fois par semaine se tenait le marché, sur la large place en bas. Sans être comme mon frère Hervé, un excellent cuisinier, je savais, à l'instinct, mélanger les denrées pour cuisiner un bon poisson, un rôti de bœuf ou un lapin.

Dans mon coma, tous ces goûts, toutes ces sensations gustatives se sont comme évaporés.

Dans l'année qui a suivi mon accident, je n'ai jamais songé à faire à manger pour les autres. Ma tête était tellement prise, avait en elle tant de préoccupations, qu'il suffisait de m'asseoir et de manger les plats préparés par Odile ou, à midi, par Myriam, qui gardait les enfants, pour que la question soit réglée.

Mais tout d'un coup, quand Odile m'a demandé de quitter Versailles, de la quitter, elle et les enfants, soudainement livré à moi-même, me retrouvant dans l'appartement de Saint-Mandé où mon petit frère Lionel m'avait dit de venir, la problématique est devenue bien plus compliquée.

Lionel, mon frère, de six ans mon cadet, avec qui je partageais cet appartement, n'était jamais là, ou si peu. Pas même le week-end, tant il était pris par ses amis. Mais j'ai très vite trouvé de quoi me rassasier. Il y avait le commerçant asiatique, qui me faisait me souvenir de mes voyages en Asie. Le Marocain du coin ou la bonne taverne française, qui se proposait de me régaler avec tous ses plats dont, peu à peu, je retrouvais le goût, le plaisir de manger.

Non, je n'avais pas complètement récupéré le goût.

Mais il y avait ce qui pique ou ce qui est doux. Ce qui est ferme ou ce qui fond dans la bouche. Ce qui est sucré, salé ou pimenté. Chaque aliment, chaque plat stimulait ma mémoire du goût, me permettait de revenir à une meilleure conscience des plaisirs de l'existence. Cela m'aidait à redevenir quelqu'un de « normal ». Qui avait ses goûts. Et savait pourquoi.

Aujourd'hui, je mange toujours énormément. Il paraît que je compense. Mais j'ai aussi la curiosité de goûter encore et encore. Lorsque je mange au restaurant, je veux tout tenter. Je regarde la carte avec plaisir. Je sais aussi que je dois faire attention à mon poids. Le Rannou d'avant le coma ne ressemble pas à celui d'après. Je suis trop gros. Mais parfois, malgré les conseils que l'on me donne, je n'arrive pas à résister. Je ne fais plus de sport. Plus l'envie. Plus l'énergie.

CHAPITRE 19

J'habite dans mon mini-appartement HLM de Suresnes où je vais au fil des mois aménager la cuisine. Alors, c'est bien. Je mincis. Il me reste à aller à la piscine. Opéré d'une double hernie discale en juin 1999, je n'ai le droit que de nager.

Je retrouve certains plaisirs. Presque six ans après mon accident. Mais pourtant, tellement de choses restent difficiles.

Heureusement, Éva partage ma vie depuis trois ans. Huit ans avant mon coma nous avions eu une très forte liaison amoureuse. Et malgré ma relation avec Odile, j'ai toujours gardé contact avec elle.

Au moment de mon accident, elle s'est beaucoup inquiétée pour moi et elle est venue me voir à l'hôpital. Elle me raconte que tout le monde de la voile et de la moto défilait dans ma chambre ! Elle me dit aussi que je refusais d'ouvrir mon sac, posé sur mon lit.

Lorsque je suis parti vivre chez mon frère, je voyais Éva très souvent. Lorsque qu'elle a été malade – une forte dépression –, je me suis occupé d'elle. Et j'ai habité sur sa péniche, *La Louise*, amarrée sur les quais de Seine en plein Paris.

Cela durera trois ans. Trois ans où Éva va constater que je suis hors circuit, que je dépense un argent fou. Elle me raconte aussi une anecdote assez drôle : elle avait un lave-vaisselle. Mais je ne savais pas à quoi cela servait. J'avais oublié. Alors je sortais tout de la machine, pour tout laver et tout ranger !

Éva est le principal témoin de mon évolution :

« Il dérange, mais sa volonté d'exister est féroce et force mon admiration. Maintenant il lit et écrit, et se tient au courant de l'actualité comme avant.

« Il a retrouvé sa mémoire, il est imbattable sur la météo, la géographie, l'histoire de la voile. Il relève même des erreurs dans les articles de ses ex-confrères, mais il reste entièrement tourné vers lui-même. Il est dans son monde.

« Personne comme moi ne peut le comprendre.

« À ce jour, il a emménagé dans son appartement à Suresnes. Je pense que c'est bien pour lui, un nouveau pas à franchir. Il doit s'assumer seul, mais je ne serai jamais loin en cas de besoin. Ma vie est liée à la sienne. Cela prendra le temps qu'il faudra mais il redeviendra le Thierry Rannou d'avant. Le héros qui me fait rêver. »

Chapitre 20

Alors, me direz-vous, qu'est-ce qui est si difficile pour moi ? C'est simple. Tout a changé. Je vais, au fil des semaines, réaliser qui était le Thierry Rannou aimé, apprécié. Pour certains, ce n'était pas l'homme, mais le type rentable, qui écrivait pour tant de médias, et publiait chaque année un ou deux bouquins.

Dès lors que je n'ai plus produit, je n'ai plus existé.

Plus jamais invité à dîner ou à boire un verre chez tel ou tel ami, ou parmi mes innombrables relations de travail, plus jamais contacté par les attachés de presse, qui, dans ma première vie, voulaient s'assurer de ma présence lors de tel ou tel événement souvent lié au monde de la mer, à qui je semblais alors appartenir. Adieu, ont-ils si vite semblé dire, au mec qui, avant son coma, était en permanence invité à être de la partie. Parce qu'il était « rentable ».

C'est face à cette conception des relations humaines, que m'est sans aucun doute venue l'idée d'écrire à nouveau. J'ai soudainement eu l'idée de prendre ma plume, pour donner aux autres une vision, la plus vraie et la plus saine possible, de ma nouvelle existence.

Alors, face à cette soudaine solitude, le plus dur n'a pas été, et ne demeure pas aujourd'hui, de devoir réapprendre à manger, à lire ou à retrouver le nom des acteurs, des villes, des plantes et des animaux. Le plus dur est d'accepter de devoir vivre seul. En n'étant plus rien pour les autres. D'avoir un téléphone qui sonne 99,9 % de moins qu'avant. De n'être plus convié nulle part, de ne plus être informé de quoi que ce soit.

Quand le doute s'empare de ma petite tête, je dois bien me dire que si la mort m'avait attrapé, ou que mon coma avait duré toujours, *ad vitam æternam*, comme cela est arrivé à d'autres motards du Dakar, tombés il y a aujourd'hui une douzaine d'années, je n'existerais plus.

Aussi, il me faut bien de l'énergie, pour ne pas me laisser aller au désespoir ou à la dépression.

Le dernier grand conseil de ma compagne Odile fut que j'entreprenne une psychanalyse. C'est ainsi que depuis cinq ans et demi, je rencontre toutes les semaines, par tranches d'une demi-heure, un psychiatre renommé. Personne plus que lui n'a pu mesurer l'évolution de mon vocabulaire, de ma façon de parler, de tenir des propos logiques, liés les uns aux autres. J'ai d'ailleurs eu comme par instinct l'envie de donner à mon médecin une copie des premiers feuillets écrits de ce livre, au mois de juin 2001. Aussi, s'il prend le temps de lire ce que je lui livre comme production post-comateuse, il aura une idée claire de mon évolution depuis l'accident.

Car voilà bien le centre du sujet qui me turlupine la tête en permanence. Comment voulez-vous vous battre pour lire, retrouver un large vocabulaire et une vraie culture, et en même temps devoir accepter de n'être plus rien pour les autres, contraint à ne jamais retravailler, sous peine de perdre votre prime assurance ?

Heureusement que j'ai un bon assureur, G.P.A. ! Heureusement que sur un simple coup de fil auprès de leur service, ils m'ont donné l'autorisation d'écrire ce livre. Sans quoi, je me retrouvais seul à la rue, sans un centime en poche.

Après mes galères de déménagements, après qu'Odile m'a dit de partir de chez elle, j'ai eu beaucoup de choses très pratiques à assurer, et c'était terriblement difficile pour moi. Deux enfants que nous avons faits ensemble. Par et avec amour. Et que je dois désormais aider à éduquer.

Peut-être qu'avec ce livre, ils pourront savoir qu'à force de se persuader de ses forces, on finit par croire en son indestructibilité. Que ce coma m'oblige à prendre des chemins que je n'aurais jamais pris, à tolérer de moi-même des attitudes nouvelles, à comprendre qu'avoir eu la chance d'être un journaliste, un sportif, un amoureux de la vie sous toutes ses formes m'a vraiment aidé à re-vivre, même si je n'ai pas encore retrouvé toutes mes forces.

Depuis mon terrible accident de moto, je me demande à quoi riment le goût du risque et l'inconsciente volonté de survivre.

Aujourd'hui Hugo a sept ans, Maud, cinq ans et demi. Je peux les voir régulièrement, rire avec eux et assumer mon rôle de père.

Mais rien n'est loin d'être facile. J'ai voulu, au fil de ces lignes, leur offrir les mots qui expliquent ma rage de vivre. J'espère pouvoir leur faire comprendre mon combat contre ce coma. J'espère que, devenus plus grands, ils liront ce livre et qu'ils pourront mieux comprendre mes difficultés, mes excès.

Mais aussi ma volonté de re-vivre.

Et ma force de les aimer plus que tout au monde. Plus que tout ce que j'ai connu dans ma première vie.

Remerciements

Ce livre est dédié à ma maman, née Huguette Poirier, et à Éric Tabarly, qui ont dû se croiser, là-haut, au paradis.

Ces lignes, mémoires et souvenirs, vont aussi à Éva Lantaz, née Éva Solowicz, la première femme de ma vie. Nous vécûmes huit ans ensemble, et nous nous aimons toujours.

Ce livre va aussi à France Guillain, écrivain née à Tahiti, aujourd'hui institutrice à Paris, mère de cinq filles. En 1978, elle fut la première femme avec qui j'ai vécu. Quittant mon lycée, cinq mois avant de passer mon bac, j'étais allé vivre dans une ferme, en Touraine, avec Laurence, Mareva et Aïmata, les trois premières de ses cinq filles. J'ai eu mon bac avec l'oral de rattrapage, au moment où elle avait décidé de me quitter. Ensuite, je les ai retrouvées toutes les quatre, sur une île des Philippines, puis, encore un an plus tard, sur une île des Nouvelles-Hébrides. Et dire que *Le Bonheur sur la mer*, premier des trente-cinq livres de France, s'était vendu à plus de 800 000 exemplaires !

Merci Papa, monsieur Guy Rannou, le mécanicien navigant d'Air France, né d'une famille aussi modeste, d'avoir, de ton D C 3 au Boeing 747, permis au fils aîné que je suis de voler seul en planeur à l'âge de 17 ans, de m'avoir offert autant de billets à 90 % de réduction pour que, jusqu'à l'âge de 25 ans, je voyage à travers le monde, sur tous les continents.

Après vous avoir, au cours de ce livre, parlé de Hugo et de Maud, et d'Odile, leur maman, je songe alors sur-le-champ à mon ami Alain Mingam, le parrain d'Hugo.

Photographe grand reporter à l'agence Gamma, Alain fit alors Israël, le Liban et l'Afghanistan. Puis il devint " Red Chef " de Gamma, avant d'aller porter le même savoir à la tête de l'agence Sygma. Redoutable indépendant, il décida alors d'aller gérer toutes les images du *Figaro Magazine*, qu'il quitta pour, après un bref passage à *France Soir* nouvelle formule, aller rejoindre l'excellent magazine *Jonas*.

Frédéric Doncieux, directeur du magazine *Lui*, m'a permis de m'élancer sur ce satané Paris-Dakar 96. Celui du coma, qui m'a donné envie d'écrire toutes ces lignes. Marié à Stéphanie, père de Nicolas et Chloé, Frédéric avait, à l'automne 1995, vu arriver dans son bureau un Thierry Rannou qui lui parlait de s'élancer avec lui dans une aventure extrême. Faute de liquide, il me donna pour 130 000 francs de pages de pub à vendre moi-même, et me dit bon courage. Belle aventure ! Le 3 janvier 1996, il apprit que j'étais dans le coma. Il m'a aidé à bien boucler financièrement notre opération. Il est resté un ami.

Connaissez-vous " Gégé ", le super Gérard Anthony, qui s'occupe de la mécanique de tant de motards ? " Gégé ", qui a préparé toutes mes motos, Gérard est tout simplement un mec rare. Comme je les aime. Un " Gégé " qui a pris soin de moi, sur le Rallye des Pharaons en Égypte, sur le Rallye de Tunisie ou lors de mes six Paris-Dakar, jusqu'à ce que je me retrouve dans le coma. Il demeurera, pour toujours, un ami.

Toutes ces lignes, comme le fond de mon âme et de ma pensée, vont aussi à Marc van Peteghem, et à son complice Vincent Lauriot-Prévost, tous deux architectes du trimaran Pierre 1er de Florence Arthaud (à qui ce livre va aussi), puis de ceux de Laurent Bourgnon - vainqueurs des deux dernières Route du Rhum. Sous l'égide de Marc et Vincent, leur équipe a également dessiné l'armada des trimarans d'Olivier de Kersauson (à qui ce livre va aussi... puisque juste avant la gentillesse de Loïck Peyron, Olivier était prêt à en écrire la préface).

Loïck ayant écrit la préface de ce livre, sachez que tout ce texte va aussi à Claude et

Catherine Develay, qui règnent sur Fuji Labo, son sponsor. Déjà armateurs de Mike Birch au moment de leur entrée dans le monde de la voile - Claude allant jusqu'à courir la Route du Rhum 94 -, les gens de chez Fuji sont des passionnés comme on en connaît peu parmi les sponsors de la voile.

Ce livre va aussi à mes amantes, mes maîtresses - qui furent aussi nombreuses et passionnantes que calmes, distantes et lointaines après mon coma, une période où je suis resté plus de trois ans et demi sans faire l'amour - jusqu'à ce que Sabrina, prostituée de la rue Saint-Denis, me retrouve, après m'avoir connu une douzaine d'années plus tôt... m'engueulant parce que j'avais pris 25 kilos !

La nature, le fond de ces lignes, vont aussi à Patrick Poivre D'Arvor qui, deux ans après mon coma, m'a dit à La Trinité-sur-Mer que j'avais un livre à écrire sur ma vie d'après le coma. Passionné de mer et de voile, Patrick est donc proche de ce qui a été le moteur de ma première vie.

Ce texte va aussi à Jérôme Bureau, aujourd'hui " big boss " du groupe L'Équipe, avec le quotidien, le magazine et la chaîne de télévision (où exerce mon ami Vincent Reigner, qui m'a connu au *Sport* avant de me filmer sur mes motos du Dakar, depuis son hélicoptère). J'ai connu Jérôme, jeune journaliste à *L'Équipe Magazine*, puis quand il fonda *Le Sport* en 1987 - la seule année de journaliste salarié de ma vie, quand j'avais même été sur le voilier géant *Phocéa* de Bernard Tapie, pour tenter de battre le record de la traversée de l'Atlantique à la voile.

Ce livre va tout autant à Patrick Chapuis, grande plume de *L'Équipe*, qui dirigea les rubriques auto, moto, voile et aventure durant tant d'années. Et qui fut le premier à me faire écrire pour le quotidien et l'hebdomadaire. Patrick fut l'un des rares à lire maints feuillets de ce livre en cours d'écriture. Il sut alors m'encourager à poursuivre mon labeur, pour aboutir à ces pages, aujourd'hui entre vos mains.

Et puis il y a Noël Couëdel, connu à *L'Équipe Magazine* puis à la tête du *Parisien*, puis de *I.Télévision* et aujourd'hui au sommet de *R.T.L.* Un Noël qui mène une brillante carrière, et sut me porter attention, dans l'année qui suivit mon coma. Une attitude assez rare, qui me conduit à lui dire " merci ".

Et il y a François Siégel, si longtemps aux rênes de *V.S.D.*, où j'écrivis tous les longs papiers sur la voile, durant une quinzaine d'années. Un Siégel aujourd'hui rédacteur en chef du *Monde 2*.

Ah oui ! Il y a aussi Xavier Couture, qui, avant de briller à la tête de T.F.1., fut aussi le “ big boss ” de ma seule année de salarié, au quotidien *Le Sport*. Xavier aujourd'hui marié à Claire Chazal, jeune maman, que j'ai croisée alors que j'écrivais ce livre, chez un très beau fleuriste de la rue Cler. Lui remettant ma carte de visite, dans l'espoir de la revoir avec Xavier, voilà que, comme le raconte ce livre, la nouvelle vie de Thierry Rannou, n'intéresse guère ceux qui l'ont pourtant bien connu, dans son passé d'avant le coma.

En pensant aux états d'âme, connus

dans le passé de mes aventures dans la presse, je ne peux pas ne pas parler d'Olivier Pérétié. Connu comme jeune journaliste au *Matin* en 1982, à Cap Town, en Afrique du Sud, il couvrait cette Whitbread, ce tour du monde en équipage, que je couvrais comme journaliste, ayant en août de la même année coulé au milieu de l'Atlantique, avec le voilier sur lequel je devais aborder mes premières " mers australes ". Olivier Pérétié a ensuite brillé au *Nouvel Observateur*. Au fil des années, nous nous sommes connus, avons rivalisé, jusqu'à ce que son talent le fasse devenir rédacteur en chef de *Elle*, où il travaille aujourd'hui.

Pensant aux copains du monde de la presse, même si j'attends encore - et depuis bien des mois, des années - que nous dînions enfin ensemble, je songe à Laurent Bignolas, qui dirige désormais *Faut pas rêver* sur FR3.

Ces lignes vont aussi à Titouan Lamazou, brillant vainqueur du premier Vendée Globe, tour du monde à la voile en solo et sans escale. Titouan, avec qui je partage le goût de la mer, et des aventures terrestres un rien extrêmes.

Sans les connaître personnellement, il y a aussi Thierry Ardisson et Marc-Olivier Fogiel, qui brillent - dans, on le dit, une grande concurrence - sur deux chaînes de télévision d'État de notre belle République : France 2 et France 3. Des émissions qui m'intéressent, m'enrichissent, comme on peut l'être au fil du temps, après un coma aussi long et grave.

Pensant à eux, je songe aussi à Jean Réveillon, de France 3. Un Réveillon avec qui j'ai déjeuner, tandis que j'écrivais ce livre ; nous nous sommes alors souvenus tous les deux de ce Paris-Dakar en 1982 ou 1983, que nous avions couvert comme journalistes, nous retrouvant en voiture en Guinée... à la grande époque de Thierry Sabine.

Ce livre va aussi à madame Isabelle Arnaud-Cohen, mon orthophoniste, qui durant trois ans m'a aidé à réapprendre à lire. Sans elle et sa gentillesse, pour peu à peu me faire comprendre que ma " cure " devait encore et encore se poursuivre, je n'en serais pas où j'en suis aujourd'hui. Merci !

Rachid Derras, jeune gaillard né en France m'aida tant à refaire les appartements : celui de Saint-Mandé, où je vécus un an et demi avec mon plus jeune frère Lionel, quand Odile m'a dit de la quitter ; puis celui du H.L.M. de Suresnes où je vis aujourd'hui. Avec Rachid, il y a Karine et leur bébé Allan. Un beau couple. Une belle famille. Comme je les aime.

Ce sacré Rachid, m'ayant donc bien vu évoluer dans mes années post-coma, sait, comme je le lui ai dit, que chez Bernard Vanier, à Versailles, je suis en analyse depuis 5 ans. Mais je lui dis avec ces lignes que je viens surtout de rencontrer le docteur William Lowenstein, qui s'occupe de moi à l'hôpital Georges-Pompidou, pour mon voyage " post-coke ". Un super toubib, un grand monsieur, que ce Lowenstein.

Ce livre va aussi à Christian Dupuy, le

maire de Suresnes, et Jean-Louis Testud, son proche adjoint, qui se sont souvenus qu'habitant avec Éva sur une grande péniche, *Le Rhône*, en 1987/88, j'avais demandé à Marc Pajot d'être le parrain de la " Mer à Suresnes ", qui offre aux enfants des Hauts-de-Seine qui ne peuvent partir en vacances, de naviguer sur la Seine, avec de petits catamarans à voile. À ma demande, et pour leur plaisir, Marc Pajot en est le parrain depuis la première année. Ce Marc pour qui j'écrivis ses livres sur la Coupe de l'America, avec *French Kiss* en 1987, et *Ville de Paris* en 1992, année où je suivis une régate sur le même bateau à moteur que Jacques Chirac, et sa jolie fille Claude, qui tomba dans mes bras au gré du jeu des vagues, au fil de la régate.

Dans ceux qui comptent, il y a aussi " J.-C.O. ", Jean-Claude Olivier, le patron de Yamaha en France, à qui j'écrivis, juste avant mon Dakar 96 du coma, que l'on m'avait dit de prendre une K.T.M., moto plus légère que ma " Yam " de ma 21e place de 1995. On me disait alors que je roulais assez bien pour avoir désormais une moto de " champion ".

Mais personne, surtout pas moi, n'avait pensé qu'il était " excessif " d'enchaîner le Raid Gauloises en Argentine, et le Dakar, quinze jours après. Erreur qui a failli m'être fatale.

Au nombre de ceux à qui vont mes pensées, il y a aussi Pierre Landereau, qui a 55 ans, était avec moi sur mon dernier Dakar, et avec qui j'ai traversé l'Amérique du Sud à moto, de Lima au Pérou, jusqu'à Rio de Janeiro au Brésil. 10 000 kilomètres, au cours desquels, à l'étape de Sao Paulo, j'avais changé le moteur de ma moto, avant d'aller passer une journée et la nuit à faire la fête, goûtant à la coke *made in Brasil*, avant de finir la nuit d'avant le départ de l'étape avec une jolie Brésilienne.

Pensant à Landereau, je songe fatalement à Philippe Bermudes qui, lui, quitte tous les ans " Rungis ". Jeune chef d'une entreprise montée par ses mains... qui lui permet de se livrer à son goût de la moto, enchaînant les Dakar. Un Bermudes avec qui j'ai beaucoup roulé, et qui s'occupait, le soir, avec " Gégé ", de la mécanique de nos motos. Un Bermudes qui me dit se souvenir du Rannou de 1995, qui luttait avec les vrais grands champions du Dakar, et restait tant qu'il le pouvait dans le groupe de tête. Jusqu'à n'en plus pouvoir, comme lors de ma 21e place de 1995. Un Landereau qui se souvient m'avoir vu rouler vite, devant lui-même, au fil de quelques-unes de mes chutes... Jusqu'à ce soir du 3 janvier 1996, me retrouver sous perfusion, à peine débarqué l'hélicoptère de secours.

Au nombre de ceux à qui je pense, il y a aussi Pascal Bessaoud, rédacteur en chef adjoint du *Figaro Magazine*, qui, en juin 2001, lut, au cours d'un déjeuner simple et très sympa, les premières pages de ce livre.

Premières pages au fil desquelles je pensais fatalement à Bruno Troublé. Lui qui barrait le *France 3* du temps où il appartenait au baron Bich, lors des Coupes de l'America de la fin des années 70, et ensuite sur la Louis Vuitton Cup. Mister Troublé, et son putain de drôle de sacré caractère, pour qui, dès 1983, j'ai réalisé le premier film retraçant l'histoire de la Coupe de l'America. Montage que je fis évoluer en 1987, pour celle qui se déroula pour la première et la seule fois en Australie (à Fremantle), puis en 1992 et 1995, pour les épreuves à San Diego, avant de me mettre, avec Benoît Heimermann, à réaliser un montage serré, pour la Louis Vuitton Cup 2000. Bruno Troublé, et sa sœur " Agnès B ", une femme si connue des autres, une sacrée dynastie.

Songer à tous ces proches de l'univers de la voile, c'est aussi penser à la famille Roynette. À Pat qui a vogué sur l'Atlantique à la voile, avec son pote Pascal Hérold, et qui brille toute l'année sur Proway, sa boîte de " chasseurs de têtes ". Pat, marié à Sophie, qui aida Odile, enceinte de ma fille Maud, à gérer tous les gens qui venaient me voir à l'hôpital Foch de Suresnes. Sophie, maman de Baptiste, Matthieu et Margot, qui, aux commandes d' " État de Fête ", sa super boîte spécialisée dans l'événementiel, organise la fête pour les autres.

Un beau sens de la fête règne aussi sur le mental si fort de Jean-François Deniau, écrivain, homme politique engagé. Lui qui a tant voyagé est aujourd'hui capable de témoigner de sa connaissance de l'Afghanistan, comme il serait capable de le faire pour tant d'autres pays ou régions. Un Deniau que j'ai connu lors de la Coupe de l'America sur laquelle il porte son regard, perpétuellement critique et constructif.

Construire me fait penser à Rony Brauman, à qui ce livre va aussi, puisque je vous en ai déjà parlé, au moment de mes grands reportages avec *Médecins Sans Frontières*. Rony fut du tandem initial qui monta et organisa M.S.F.

Au gré des rencontres et des déjeuners en " tête à tête " comme je les aime tant dans ma nouvelle vie " post-coma ", je tiens aussi à vous parler de Thierry Lhermitte. À nouveau rencontré au Salon Nautique, deux ans après mon coma, il se souvint alors du jeune reporter de l'agence Gamma qui le prit en photo voici une bonne quinzaine d'années, à La Baule, au bord de la mer. Là où il aime vivre, et tant aller naviguer.

Enfin, je ne pourrais finir sans parler de

Georges Pernoud, et son équipe, qui réalise Thalassa. Je me souviens qu'alors équipier de Tabarly sur *Côte d'Or* en 1986, pour mon premier Cap Horn à la voile, être monté en tête de mât dans l'océan Pacifique, pour filmer de belles images de notre navigation. Nous étions jeunes, franco-belges, avec Michel Desjoyaux qui venait de gagner le dernier Vendée Globe, et " Bilou ", Rolland Jourdain, brillant 3e, derrière la petite Ellen Mac Arthur, que j'espère découvrir dans les mois qui viennent.

Et puis, sachez qu'il y a aussi Benjamin de Rotschild, que j'ai croisé en bas des Champs-Élysées après mon coma, et qui se souvenait qu'au début des années 80, j'étais équipier sur le *Gitana VI* de son père Edmond. Edmond qui m'envoyait toujours un petit mot, dont j'étais tout fier, pour me remercier d'avoir reçu le livre que je venais d'écrire à l'époque.

Il y a aussi les charmantes dames de G.P.A., mon assureur jusqu'à l'âge de 65 ans, à condition que je ne retravaille jamais ! qui sont si gentilles au téléphone avec moi. Il y a aussi mesdames Céline Carré, Sandrine Quenez, Marie-Claude Rabourdin et mesdames Tétu, Pineau ou Drago, qui vérifient que tous les trois mois, Thierry Rannou touche bien son assurance. Pour peu que le docteur Pierre Denys, de l'hôpital Raymond-Poincaré à Garches, leur dise bien tous les trois mois que Thierry Rannou a toujours besoin d'être assuré !

Enfin, je veux aussi vous parler de Catherine Noël. Arrivée de Bangui, en République centreafricaine, tout là-bas, au milieu du continent africain où elle avait grandi, nous n'étions qu'adolescents quand je l'ai rencontrée pour la première fois. Et je lui ai plu. De sa maison à celle de mes parents, je découvris le goût des baisers et des éveils érotiques. Jusqu'à cet été de mes 17 ans, où, venus sur Paris écouter un groupe de rock, nous nous arrêtâmes chez des copains à elle. Pour y passer la nuit. Pour que j'y découvre avec elle, et pour la première fois de ma vie, le plaisir de faire l'amour. Je me souviens de cette nuit-là comme si je n'avais jamais connu le coma.

J'éspère que ce livre me permettra de découvrir David Douillet. Nous avons échangé un autographe contre une carte de visite.

Adolescent, j'ai connu Bernard Wouts, non loin de Lésigny chez mes parents. J'ai retrouvé Bernard à la direction générale du *Point*, après son passage au *Monde*. Après mon coma, nous avons déjeuné ensemble. Ce livre lui est aussi dédié.

Toutes ces lignes vont aussi à Corinne Kernaleguen, qui jusqu'à l'an dernier s'appelait Corinne Pajot.

Que celles et ceux qui n'ont pas été ici cités ou remerciés veuillent bien m'excuser. Ils comprendront, je l'espère, ces oublis involontaires.

Bibliographie

Aux éditions Calmann-Lévy :

L'Année de la voile 1991.
L'Année de la voile 1992.
L'Année de la voile 1993.
L'Année de la voile 1994.
L'Année de la voile 1995.
L'Année de la voile 1996.

Aux éditions Gallimard :

En course, 1982.
La route du Rhum 82, 1983
En course autour du monde par les trois caps, 1986.

Aux éditions Larousse :

Les Grands défis de la moto, 1988

Aux éditions Messidor :

L'Aventure moderne de la mer, 1990

Aux Éditions Robert Laffont :

La Coupe de l'America : notre défi avec Marc Pajot, 1992

Aux Éditions Rivages-Les Échos :

Défi à la Coupe de L'América, avec Marc Pajot, 1987.

Aux Éditions du sport (Mango) :

La Route du Rhum, 1994.

Impression réalisée sur CAMERON par

BRODARD & TAUPIN

GROUPE CPI

La Flèche
en novembre 2001

Imprimé en France
N° d'impression : 10203
Dépôt légal : novembre 2001